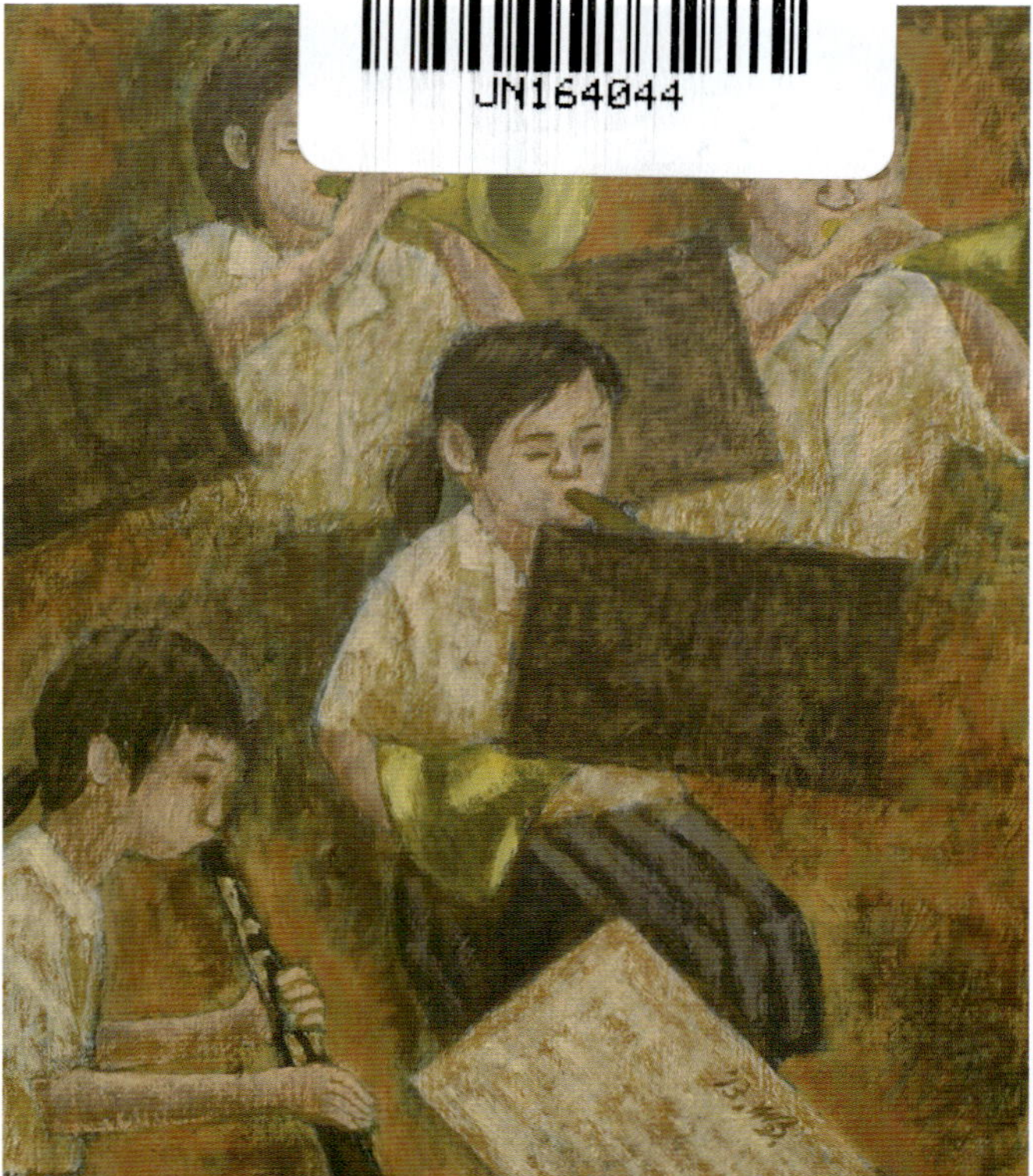

「吹奏楽」2013年／キャンバスに油彩／F8号（455×380mm）
娘の吹奏楽の演奏を聴きにいってスケッチしたものを油彩に。マチエール（絵肌）で音の雰囲気を出したかった。

四月と十月文庫　7

理解フノー

遠藤哲夫　著
田口順二　絵

港の人

本書は、二〇〇八年十月より美術同人誌『四月と十月』で連載した遠藤哲夫の「理解フノー」を加筆修正してまとめたものです。

また、文中の絵とキャプションは同誌の同人の画家・田口順二によるものですが、本文の内容とは無関係にアトリエで描かれていた作品から選び出したものです。したがって、絵と文はそれぞれ独立しており、この本のなかで同居を試みました。

「理解フノー」の始まり

「理解フノー」という自分でも理解フノーなタイトルは、二〇〇七年七月二十五日の夜、岩手県釜石の呑ん兵衛横丁の通りから始まった。

そのときの様子を、『酒場部会報』（二〇〇七年十一月二十九日、集英社内／酒場部発行、著者・牧野伊三夫／鴨井岳、デザイン・横須賀拓）の、「釜石呑兵衛横丁『鬼灯』」の項の最後に、鴨井さんが簡潔に書いている。

店を出ると、長屋のどの店もお客さんで埋まっていた。鉄は冷えたが町は人のパワーがみなぎっていた。エンテツさんが突然若者に呼び止められてまたほえた。

「理解フノー」

当時、『四月と十月』には須曽明子さんを部長とする古墳部があった。その部活で、北東北の縄文文化を訪ねることになった。参加者のうち一日早い先発組は、新花巻から三陸鉄道まわりで青森県八戸へ向かうため、その夜、釜石に泊った。メンバーは、牧野伊三夫さん、川原真由美さん、牧野さんと酒場部を取材執筆中の鴨井岳さん、瀬尾幸子さん、私だった。

呑ん兵衛横丁は、小さな運河のような川の上に、同じ狭い間口の三十軒ほどの飲み屋が連なって看板を出している、酒飲みにとっては頼もしい景色の長屋だった。その中から鬼灯を選んだのはカンだったが、なかなかよい店だった。ホヤの刺身など魚類の肴がよかったし、酒もうまかったし、おかみさんも愉しいひとだった。私は、とくにホタルイカより少し大きい小さなイカの内臓ごと丸干しと、マンボウの腸を干したコワダのうまさにおどろき舞い上がった。酒にもぴったりだし、大いに食べ飲んだ。開店早々の早い時間で客は私たちだけ、ウマいウマいと、わいわいはしゃぎながら飲んだ。私は酔ったが、まだ正体を失うほどではなかった。

つぎに行く店は、鬼灯のおかみさんがおすすめの、中華料理「新華園本店」だった。鬼灯を出て、長屋の端に近い鬼灯から、反対の端へ向かって歩いているあいだに、私だけ遅れ気味になっていた。ふらふら歩いていると、長屋の一軒から、二人の若い男が、肩を組んで元気よく路上にあらわれた。

彼らは、何か叫んでいた。私が呼びとめられたのか、私が呼びとめたのか、そのへんはよく覚えていない。とにかく三人で並んで肩を組むように、あるいは歩きながら輪になって、叫んだ。

そのとき、私のなかに沈殿していた何かが湧きあがり、「理解フノー、理解フノー」と叫んでいたのだ。彼らに「どこから来たんですか?」と問われても、「理解フノー」と叫んでいた。

若者たちは、私たちが連れて行ったのか、彼らが勝手に付いて来たのかさだかでないが、新華園本店でも一緒のテーブルで飲みかつ食べた。なんだかわけのわからないニギヤカな成り行きのなかで、私は「理解フノー」を、「ぼくらはみんな生きている」のメロディにのせて「ぼくらはみんな理解フノー、生きているから理解フノー」と、繰り返しうたっていた。

なんとなくこれが気に入り、何度もくちずさむようになった。


それから一年が過ぎた。やはり七月の、新潟県糸魚川周辺の翡翠の里を訪ねる古墳部活動のときだったのではないかと思う。牧野さんから『四月と十月』に連載しないかという話があった。私は同人でもないし、だいたい非美術的非芸術的非文化的存在、どちらかといえば野蛮な男だ。はてねえ、と思ったが、断る気は起きない。しかし、何を書けばよいのだ。

牧野さんは「『理解フノー』で行きましょう、理解フノー、あっはっはー、好きなように書いて」と、愉快そうにしているだけだった。

そのように、この連載は始まった。

しかし、ライターになりたくてライターになったわけではない私は、好きなように書いてよいといわれると、かえって困った。たいして書きたいことはない。もともと、何もしないでボーとしているか酒を飲んでいるのが好きなのだ。

それに、ニンゲンというやつは、理解フノーであるにしても、めしの食べかたや排泄のしかた一つとっても理解フノーが多すぎて、話にならない。

とりあえず、初回は、そのころ『四月と十月』の編集を担当されていた若菜晃子さんが部長をしている山部があったので、そのあたりからの連想で、二十年ぶりぐらいに訪ねたばかりの、昔なじみの山の宿のトウチャンの話を書いた。その後もテキトー、理解フノーを考えずに書いた。

ところで、釜石に泊った私たちは、翌朝六時ごろの列車で、北上を開始した。乗り継いで約八時間ほどかけて、ほかの参加者と合流する八戸まで行くのだ。

各駅停車の列車は「絶景かな！」が続く太平洋岸を、のんびり宮古へ向かった。途中、無人のような駅から、通学の生徒たちが乗って来る。どこかの駅から乗った女子高生三人が、私たちが座るボックスの通路のところに立った。いつしか彼女たちと話がはずんでいた。

高校は夏休み中だ。彼女たちは、それぞれ部活やらなんやらで登校するのだった。なかの一人が、八月に佐賀県で開催のインターハイに、柔道の岩手県代表チームで参加することを知って、私たちは「えーっ」と声を上げた。「すごい」ということだが、なにがスゴイって、インターハイに出るだけでもスゴイのに、彼女は普通以上に小柄なのだ。瀬尾さんは、「だって、あなた、一五〇センチあるの？」と遠慮のない突っ込み。短時間のうちに、それぐらい和気あいあいになっていた。

もう一人は、音楽の部活をやりながら、じつは書のほうで、やはり何かの大会に出るらしい、もう一人は参考書を手にしていて進学一途らしい。東京へ出たい、いや私は仙台でよい、彼女たちは、それぞれの未来を考えているようだった。

彼女たちのおかげもあって、乗り継ぎの宮古までの旅は、記憶に残るいい旅になった。

「理解フノー」の誕生の地となった釜石は、二〇一一年三月十一日の大地震で大きな被害を受けた。

釜石の低地にあり海にも近かった呑ん兵衛横丁は、根こそぎ津波にやられた。

新華園本店も再起が難しいほどの被害だった。インターネットで、そういう情報が流れた。テレビは、それらがあった街並を津波が襲う様子を、何度も繰り返し放映した。

私たちが旅した三陸鉄道沿岸は、とくに被害が大きく、あの大地震の津波は、鉄道ごとのみこんで破壊しつくした。いまだ復興は困難な途上にある。

そういうなかで、元の場所では難しいようだが、呑ん兵衛横丁の再建に気概をみせる、鬼灯のおかみさんの元気な様子がニュースになった。とにかく無事だったのだ。

しかし、あのときの高校生たちは、どこにいたのだろう。無事だったのだろうか。無事だったとしても、変わり果てた故郷の姿や生きることや未来に何を思っているのだろう。釜石の二人の若者も、どうなったのだろう、どうしているのだろう。

「理解フノー」という言葉がチラつくたびに、釜石の呑ん兵衛横丁や若者たちや高校生たちのことを思う。柔道の女子の姓は、アベ、といった。

もくじ

ウマソ〜

長い付き合いの山の宿がある。小学五年のころ、父に連れられそこへ行った私は、密造のどぶろくを飲んで、立てなくなるほど酔った。標高六〇〇メートルの山地にあって、耕地は少なく、林業と登山客相手の民宿が主な地域だ。そこで初めて熊汁を食べたのは、一九六一年、高校三年の秋だった。

宿のトウチャンは熊撃ちが趣味、というより生きがいだった。ふだんはボンヤリ眠そうな顔で、囲炉裏のそばで背中を丸めているか、カアチャンに大声で追い立てられノソノソうろうろしている。熊と闘う男には見えない。

私は三十二歳ぐらいの春だった、宿泊中に散歩に出て熊を見つけた。全力疾走で宿に駆けもどり、トウチャンに知らせた。そのときのトウチャンの豹変ぶりはすごかった。「なにっ」と立ち上がると、こんなに背丈があったのかとおどろくほど大きい。いつも瞼に隠れていた眼球は荒々しく金色に燃え飛び出さんばかり。テキパキ素早い動き、鉄砲をかつぎ猟犬を連れ、クルマで去ること疾風のごとし。

囲炉裏ばたで酒を飲みながら、トウチャンはよく話した。熊撃ちは猟犬と「二人」だけで熊を追い、ときには一週間も雪の中ですごす。生死をかける相棒としての猟犬がいる。そのために、生まれたばかりの子犬を、数匹手に入れ育て、選別する。寝るのも一緒、エサは熊の生肉を与え続ける。

そういう数匹がいたことがある。私が泊っているあいだ、トウチャンは片時も子犬を離さず、また子犬も離れず、トウチャンがあぐらをかけば股のあいだに入って、それはそれはカワイイうえにオリコウ。

それから一年近くたって泊った晩に、肉鍋をやることになった。いつも熊肉が冷凍庫にある。囲炉裏の鍋で煮て食べる。うまい。トウチャンが「うまいだろう、もっと食べるか」という。「うん」と返事をすると、立って肉を持ってきた。

子犬の姿がないのが気になっていた私は、「あの子犬は」と聞いた。するとトウチャンは、「そこにいるよ」と鍋を指した。なんてこった、ホントウかい。カアチャンを見ると、「一人前になれない犬は、かわいそうだからね、食べちゃうが、こんどのは全部だめだった、ねえトウチャン」

気にせず食べ続けた。かわいそうだから食べる。それもいいだろう。それに、なにより、うまい！　文句あるか！　と供養ヤケクソ美味食いとなった。

トウチャンは、そろそろ八十歳だ。六十歳をすぎたころ、山菜採りに山に入って、熊と出っくわした。鉄砲は持っていない。でも熊が逃げた。なのに、トウチャンは追いかけた。猟犬も追いかけて噛みついて闘いになった。トウチャンは落ちていた木の枝を持って、たたき殺した。なんとも剛気だ。

なぜそこまでやったのか。このあいだ、私を町の駅へ送るクルマを、いつもの眠そうな顔で運転しながら、トウチャンはいった。「だってソ、よく肥えていて、あまりにもうまそうだったもので、思わずウマソ〜と追いかけてしまって」

倒れた熊は、しばらく目をパチクリしていたそうだ。「なんでワシがこんな目にあわないかんの」（なぜか、こういうときは関西弁風に書いてしまう）という気分だったにちがいない。熊は知らないだろう。獲れたての熊のモツほどうまいものはないらしい。ウマイモノを知った人間はコワイ動物なのだ。

（二〇〇八年十月、十九号）

熊のモツもうまいが、猪のモツもうまいらしい。どちらも、獲れて体があたたかいうちに解体して生のまま食べる、それがことのほかうまいとか。

「ウマソ〜」を書いたころ、ある地方の町で行われた葬儀に参列した。そこに、山奥の集落から、私がときどき猪の肉を分けてもらっていたオジサンと、その娘と中学生の孫が来ていた。火葬のあいだ一緒のテーブルで飲み食いした。火葬にふされるひとは大往生だったので、彼も彼の娘も私も、大いに酒を飲んだ。話は猪のことになった。

猪を解体するときは、集落の人たちが集まって、開いた腹のモツを、その場で血の滴りと共に食べるのだそうだ。父娘は夢中になって、そのことを話した。

眼の色が変わっている。瞳は透きとおり、金色の光を放つ。野生の眼。

ところが、近年、そのモツの生食いをやめるよう、保健所や学校が指導しているというのだ。じつは、オジサンの娘は、その保健所の職員なのだ。

彼女は、茶碗酒を飲みながら、まくしたてた。

「最近の学校はね、おかしいのよ、ウチの娘が通っている中学ね、猪の生肉、獲ったばかりの猪のモツね、スッゴクおいしいのよ、もうこんなにうまいものはないッ！　というぐらいスッゴクおいしいのね、それを食べちゃいけない、不潔だし病気になるから食べちゃいけないと学校の教師が指導しているのよ、だけどね、わたしたちはそれを食べて大きくなって、村中の誰もおなじ、猪で病気になんかなったひといないの、自然のものは不潔じゃない、清浄なのよ、それなのによ、学校の教師は都会から来た余所者だからでしょ、食べちゃいけないと子供たちに教えているの、おかしいじゃない、わたしたちそれを食べて育ったのよ、それを子供たちにも教えたいの」

彼女は中学生の娘に、「あんなにうまいものはないよね」というと、娘も「うん」といった。オヤジは、「猪は清浄なもんだよ」と気炎をあげる。

清浄なのか不浄なのかわからない火葬場で、そんな話になった。モツの生食の可否はともかく、私は、「キレイ」という言葉にひそんでいる、清潔感を成り立たせる清潔観と、清浄感を成り立たせる清浄観の、矛盾と混沌を思った。

近代国家によって衛生と清潔の思想が導入され流布されるまでは、清浄思想が支配的だったのではないか。清浄思想の背景には森があった。森の水や生物は清浄だという思想に支えられて成り立つ生活が広くあった。近代化し都市化するほど森は後退、清潔観が支配的になり、田舎でも人の手が多く入った稲作や畑作の平地より、耕作地が少ない山地に入るほど、清浄観が残っているようだ。清潔は人工的に開発され維持されてきた。清潔観は、「不潔」を機械的に排する不寛容が激しいような気がする。それは、ふところの深い森を排除しながら都市づくりをしてきた、都市の思想とリンクしているようにも思える。

いま、都会の暮らしで清浄というと「空気清浄機」だろうか。排除の清潔思想をよくあらわしている。森の清浄からも野生からも遠いが、なぜか「ナチュラル」なイメージだ。

より人工的な水洗便所に馴れたら、汲取り式便所は不潔に感じるだろう。昔は、その汲取り式便所を「御不浄」と呼んだりした。生活の中に清浄と一対の不浄を抱えていた。御不浄のブツは、肥やしになって食物を育てた。戦後の昭和、都会の野菜を売る店に「清浄野菜」という看板がかかっている時代があった。「清浄野菜」とは、新しく普及した化学肥料と農薬で作られたもので、それまでの野菜とちがい、寄生虫などがついてなく、衛生的であることがウリだったのだ。それで生キャベツや生レタスを食べることが広がった。「清潔野菜」か「衛生野菜」というべきだったのかもしれない。いまその「清浄野菜」の安全性を疑う人たちもいる。いったい、人間様は、どうしたいのか。

ともあれ、清潔思想は、あらゆる場面で、無欠点運動のように、どんな小さな汚れや異物も許さない。しかもそれが「ナチュラル」なイメージになっている。思想のこともあるが、シロ（よい）かクロ（わるい）か、どちらかしか見ない、偏った情報処理の問題でもあるようだ。

それはそうと、猪でも熊でもいい、眼の色が変わるほどウマソ〜な生モツを食ってみたい。もうそのチャンスはないかもしれないが。

「給食」（部分）2016年／キャンバスに油彩／F10号（530×455mm）
北九州の給食のご飯は一人分の飯盒のような容器で炊いたやつが出てくる。生徒のご飯の量より先生のご飯の量がやや少ない。

「騎馬戦」2013年／キャンバスに油彩／F15号（530×650mm）
シャガールは夢や愛の世界で人間を浮遊させた。僕は格闘し合い重力に耐えきれなくなった人間を落下させたかった。

「騎馬戦 2」2013年／キャンバスに油彩／F10号（530×455mm）
多くの学校で「騎馬戦」を体育大会でやらなくなってきた。骨折などの怪我が多いからだ。ムカデも組体操もできなくなるのだろうか。そんなことで体力向上などできるのか。

「歩く人３」1988年／合板にダンボール、クレヨン／F30号（910×727mm）
絵画は堅牢でなければならないという固定概念をくずしたいと思い身近なダンボールに描いてみた。

「建築帽」2013年／合板に木炭紙、アクリル／530×330mm
朝日が昇る前の空に浮かぶ顔と建物　今までにない新しい組み合わせを朝方の夢の中で考えた。

健康と酒と妄想と

「フン、小さな親切大きなおせっかい」と思った一月中旬のニュース。「たばこの次はアルコール」「アルコール規制強化、各国に要求WHOが指針案採択」。日本の嗜好品文化は、得体の知れない国際機関の干渉によって、ズタズタにされるのか。

インターネット上では、こんな意見もあった。「煙草の次はアルコールが悪者ですか？　WHOは悪者を作って攻撃をするだけが存在理由の団体に成り下がったみたいです」「健康は宗教に成ったみたいですが、一体、何が楽しくて生きているんでしょう？　体は健康なのかどうか知りませんが、精神が病んでいっています」。不寛容が拡大し、何かとギスギスした社会に「不健康」を感じる人たちもいる。

二〇〇六年三月の『談別冊 shikohin world alcohol 酒』（たばこ総合研究センター［TASC］編集発行）に、「浴びるほど飲む人はどこにでもいる……酔いたい、酔うために飲む飲兵衛の存在」を書いた。編集長からの依頼の趣旨は、「不寛容化の度合いがますます強くなってきた現代の日本社会は、飲まずにはいられない人たち（アル中というのではなくて）の排除へ向かいつつある」それについて飲兵衛のアンタはどう思うかとのことだった。

いまや不寛容と排除のトゲトゲしい激しさは、喫煙や飲酒をこえ、「汚い」もの全般へ拡大している。たばこの煙や吸い殻はもちろん、路上生活者や、古い建物まで、「汚い」として排除され、「まち」はキレイでオシャレなアートになる。アートが貢献する、無菌的な「健康で美しいまちづくり」とやら……。いや、その問題は、置いておこう。私の妄想は、ＷＨＯは、やはり非常にアヤシイということから始まる。

たばこを規制すれば覚せい剤がはびこるだろうといった学者がいた。実際に、覚せい剤への対策は、たばこ排除ほど熱心ではないように見えるし効果は上がっていないようだ。アルコール規制の根拠は「酒は病気・犯罪の元」とのことだが、病気や犯罪の元凶は貧困ではなかったか。新聞によれば、厚生労働省は「WHO指針が決まれば、増税派への一定の追い風になる可能性がある」という。たばこがそうだった。WHOは、マフィアや貧困を生む大資本や増税をたすけ、働き生きる庶民の、ささやかな楽しみを、強制的に奪う存在であるようだ。ならば、どう対策するか。

日本だけは、禁酒禁煙のない国にしよう。世界中の愛煙家や飲兵衛がわんさかわんさか押しかけ、日本は潤うことになる。有力な産業も資源もない日本は、世界に誇る「寛容と包摂の先進国」をビジョンにすべきだろう。そのキャッチフレーズは、こうだ。

「なぜ飲むの？　わかってたまるか、ベラボーめ！」（『酒とつまみ』12号酒飲み川柳、作＝泥酔ニーランドマニア）

だから、アートの力が、ほしい。

（二〇一〇年四月、二十二号）

「健康」を錦の御旗に、たばこもクロ、酒もクロ。健康と清潔は手を組んで、潔癖に走りやすい。シロかクロかの極端は、モノゴトをあまり深く考えなくてよい、ラクな道だ。だけど、こういう見方もできる。

「飲酒の癖も、マイナスは多いが、それによって、食べものの幅も、味の深さも、啓明されたことは、明らかである」

これは、獅子文六の古典的名著『食味歳時記』にある。この本は、今年四月に中公文庫から復刊されたのだが、解説を私が書くことになり、このフレーズは、小躍りしながら引用した。飲食、とくに嗜好品は、幸福観にも直結することだから、単純にシロクロつけては、人間としての幅や深さを失って、別のマイナスを生むことになりかねない。人間はけっこう矛盾にみちた複雑な存在だ。そのややこしさを抱えて地球はまわる。

だいたい不寛容の景色などは、あまりよいものではないだろう。

「うどんとおでん」2015年／合板にアクリル／525×365mm
主題は食べ物であるけれどモティーフ（描く動機）は絵肌や構図（ものの配置）なのかもしれない。

「うどんといなり」2015年／合板にアクリル／525×365mm
静物画家のようにモデルを固定して観察して写実的に描くわけではない。かつて食べたものを思い出して描いてみた。

右と左

黒の車体に日の丸。インパクトのある明快なアートだ。いつからなぜそうなったかは知らないが、一目で「右」の街宣車とわかる。

昨年の十月、さいたま市見沼区、宇都宮線東大宮に引っ越して気がついた。上野から線路沿いに続く家並み、つまり「まち」は、荒川をこえて続き、東大宮と先の蓮田のあいだで途切れるのだ。さいたま市も終り、蓮田市になるあたり。

「まち」は「街」とも書き、正しい辞典的解釈は知らないが、見た目では人びとが「土」を囲んでいる。ところが、東大宮と蓮田のあいだでは、人びとの囲みが切れて、「土」の田畑が広がる。田舎へ行けば、駅と駅のあいだは、ほとんどそうした風景だ。「土」が、人びとを、「まち」を、囲んでいるのだ。私は、東大宮と蓮田のあいだを、都心から続く家並みが途切れ田舎に変る、「都鄙臨界地帯」として眺めることにした。

その臨界地帯を散歩しているとき、建設業の事務所や倉庫らしき敷地の片隅に、「右」の街宣車を発見した。上野発の宇都宮線と高崎線は、大宮で分れる。やがて、どちらも、車窓に田畑が広がる。ところどころに、同じように黒い街宣車が見られる。田舎風景のなかの「街」宣車。

私は、かつて「プランナー」として、いろいろなことをやった。目的や目標、方法がビジネスとして合法的であれば、何でも請け負う。「右」も「左」も「中」も、大幹部クラスと付き合った。何人かの人たちと少なからず飲食を共にした。「右」の人たちとも、一緒に旅をしたり、寝食を共にしたことも少なくない。

とくに興味を持ったのは、彼らの食べ物だった。なにしろ「右」と「左」では、水と油なんてものじゃない、何かしら大きなちがいがあるだろう。

ところが、私が見たかぎりでは、普通の日本人の飲食なのだ。「右」は共産的なカレーライスは嫌い、「左」は「反米」でステーキはダメ、ということもない。同じようにパンやラーメンやスイーツの味にうるさかったりする。思想や街宣車ほどのちがいはない。インドに傾倒したベジタリアンのほうが、よほど面倒だ。

なのに、「右党」と「左党」は、まったくちがう。ときに険悪だ。左党は、とりわけ男の右党を軽蔑する。ゴリゴリの「右」「左」より、一滴も飲まない右党のほうが、よほど付き合いにくいというひともいる。右党は、左党の「症状」に冷たく厳しい。ちょっとの酒の過ちも憎悪あらわに追及する。

同じものを食べているのに「右」と「左」に分れ争い、嗜好のちがいに過ぎないのに「右」か「左」かで不穏な気配が漂う。どこかで間ちがったとしか思えない。

（二〇〇九年四月、二十号）

昔のこと。ある日、私が仕事をしている隣の部屋から、ドア越しに、「街宣車を差し向けるが、いいかッ!」というどなり声がした。バリバリのプロの恫喝だ。その声だけでも、かなり威力があったが、その相手をしているほうも、それぐらいでは引っ込まない連中なのだ。

さらに昔のこと。一九七四年、私は三十歳だった。七月七日は、「保革伯仲」がいわれるなか、もしかすると保革逆転があるかもしれないと騒がれた、第十回参議院議員選挙の投票日だった。

負けられない自民党は、数名のタレント候補をたてた。なかでも、NHKのど自慢や紅白歌合戦などの司会をやり抜群の知名度の宮田輝が、全国区の「大物タレント候補」として注目された。その選挙キャンペーンを請け負った会社に在籍していた私は、新宿の靖国通りにあった宮田事務所に出向になった。たしか七四年早々からだったか、とにかく投票日のあと八月一杯までだった。

どんな仕事になるのかわからないまま「社命」に従い行ってみると、いきなり「宮田輝秘書」の名刺を持たされ、総務と遊説の責任者ということだった。総務と遊説というと、参謀格の幹部をのぞく、ほとんどのスタッフと業務が指揮下になる現場の責任者だった。派閥の秘書見習い、支援企業の社員、政治家志望の学生など、なかなか仕事のできる人たちが揃っていた。おかげで、自分の責任でやらなくてはならない朝礼もサボる怠惰な私でも、うまくやれた。

濃い日々が続いた。投票日の前三か月ぐらいは、一日おきに泊り込みだった。自民党本部の幹事長室や派閥のボスの部屋などに出入りし、国会議員や秘書と言葉を交わし、ヒミツめいた権力闘争の内側は、天下のNHKや大新聞の紳士顔の記者たちも含め、なかなか面白いものがあった。聞いたこともない「新聞社」の名刺を持ったタカリの相手をするのも、私の仕事の一つだったが、興味深い人間模様だった。とくに自民党の選挙戦は、関係したのはこれ以外にもあるが、キレイゴトの余地のないドロドロ加減が、とても面白かった。

とはいえ、人間がやっていることは、政治の仕事だからといって特別のことはない。なんでもそうだろうけど、食事の支度をして食べ片づけるのと同じだ。ただ、毎日のように初めての食材を料理するようなデキゴトに遭遇したのだった。なにはともあれ、宮田事務所が歌舞伎町の入口にあったおかげで、私は歌舞伎町にドップリはまった。それも含め、最も濃い日々だったのだ。

宮田は目標の二百万票をこえる票を獲得し当選した。このときの話は、どこまで書いてよいかわからない。しかも年々どんどん記憶がアイマイになっている。それに、永田町業界は、「記憶にありません」が誠実な仕事の態度のようだし、怪情報や「この話は墓場まで持っていくんだよ」という本当か嘘かわからない話が多かった。

出向が終わる八月末、私は本来のマーケティングの仕事である、丸の内の大手総合食品メーカーの担当部署へ、復帰の挨拶に行った。三菱重工ビルの前を通り右の角を曲がり、そのビルに入った。課長たちとおしゃべりをしていると、「ズーン」という地響きのようなものがあり、空気も建物もゆれた感じだった。「あれっ、いまの音、なに?」「地震じゃないですよね」「どこかでガス爆発かな」。まもなく電話が鳴り出し、どうやら近所で爆弾が爆発したらしい。

つまり、通行人を含む八人が死亡したほか負傷者三百数十人を出した、八月三十日の三菱重工本社爆破事件だった。私が二十分ほど前に通ったところが現場だった。

九月になって、赤坂の四川飯店で宮田の祝勝会があった。

熱い夏だった。この夏に保革逆転を許さなかった自民と、逆転できなかった「革新」の「差」は大きく、いまでも続いているようだ。

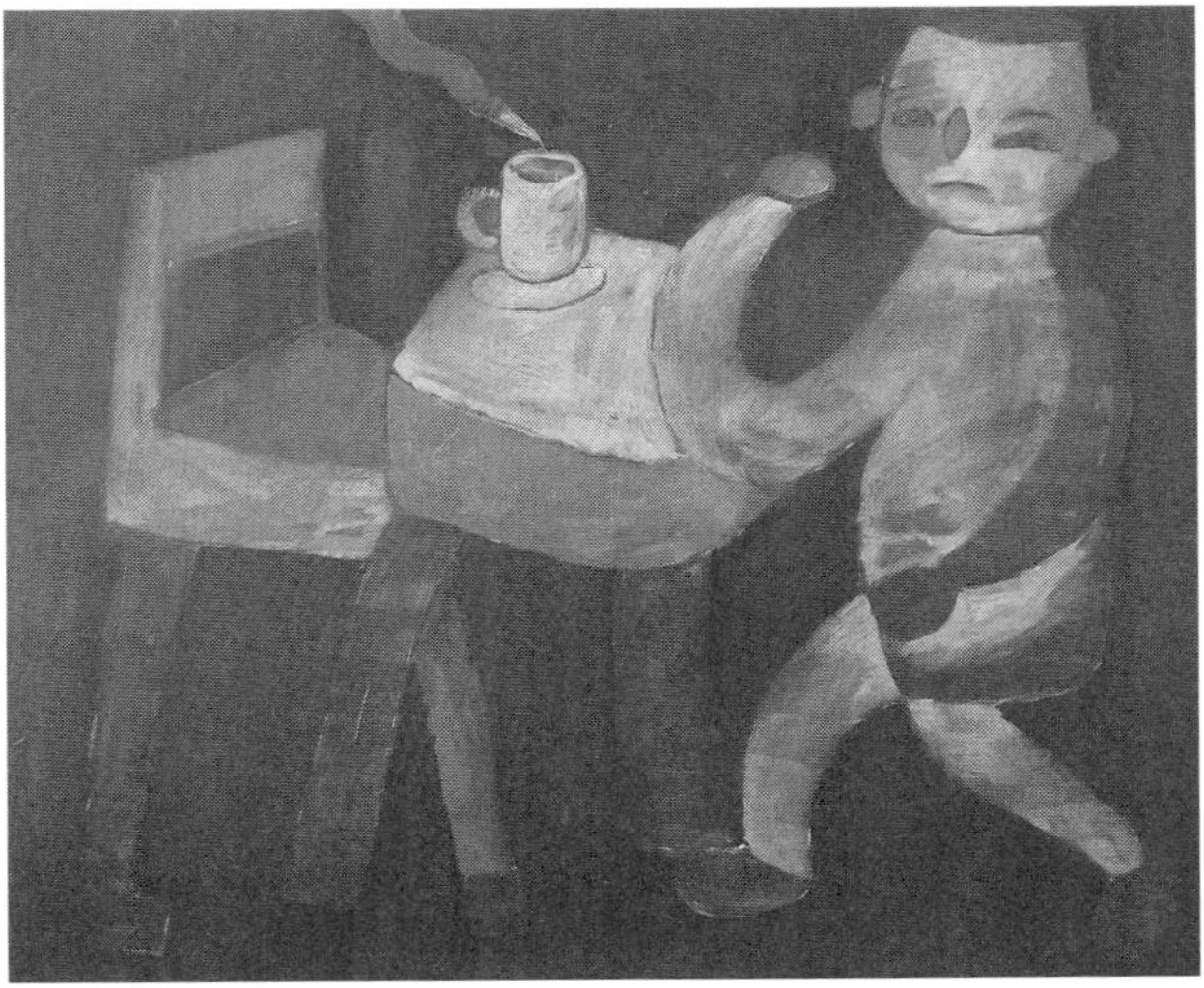

「一人でコーヒー」2010年／キャンバスに油彩／F10号（530×455mm）
なぜだかさびしさにたまらずキャンバスに木炭でスケッチしプリマ描き（勢いにのって一気に仕上げる）したもの。東京での初個展のときの案内状に使った。キュビスム風か。

「黒板生徒」2003年／キャンバスにアクリル／F100号（1621×1303mm）
人物画が好きだが日頃接している中学生は描けているのだろうか、と思いながら制作。田川市美術館第12回英展に出品した作品。

「教室風景」2003年／キャンバスにアクリル／F150号（2270×1820mm）
教室内の微妙な友人関係のようなものを描いてみたかった。思春期である中学時代は日々心に嵐が吹いている。

何もしなくていいじゃないか

パソコンで「みみなしほういち」と入力し変換したら「みみなし」は「耳成」になった。「耳なし」か「耳無し」を期待していたので意外だった。古墳部の奈良の旅では、耳成山を眺めた。そこに「みみなし」の山があった。おなじ読みなのに、「耳成し」と「耳無し」では正反対、理解フノーといいたい……。いや、そのことではない。

この夏、あるひとが東京を「耳なし芳一みたい」といった。そのひとは長野県のとある町に住んでいる。東京で電車に乗っておどろいたそうだ。「ほら、電車のドアのうえの小さな隙間や、ドアのよこの狭い空間にまで広告があるでしょ」。東京は、なんだかすごいことになっている。どこもかしこもサインやメッセージで埋めつくされている。そんな話をしているとき、そのひとが「まるで耳なし芳一みたい」といった。なるほどなあ。

東京では空白の時間や空間は許されないかのようだ。いつも何かしら人為的な「干渉」がある。それが心地よいアートにせよ、ほっといてくれない。息抜きに空を見上げても、「空を見上げりゃビルの屋根」と美空ひばりが歌った戦後の昔から、そうなのだ。

長野の前に山形の大蔵村を訪ねた。長野へ行ったのもそのため、『city & life』という都市研究誌の取材で、「日本で最も美しい村」連合に加盟の町村を訪ねていた。大蔵村には、開湯以来一二〇〇年、湯治場として六〇〇〇年の歴史を有すると伝わる肘折温泉がある。過疎の村の、そのまた奥の谷間に、二十数軒の宿。部屋はもちろん建物にもカギのない、昔ながらの湯治宿に泊って、ご主人に話を聞いた。

湯治は、私も六十数年の人生で一度だけ一か月間やったことがある。温泉に入る以外は、ぼんやりゴロゴロぶらぶらするだけが普通であるし、山奥の肘折の近所には、時間を費やす観光地のようなものはない。干渉の少ない時間と空間があるだけだ。

そういうところへ最近はガイドブックなどを見て来るお客さんが増えている。だけど、何もしないで過ごすことができないらしい。三日ぐらいの予約で来ても、一泊したら、もうやることがないからと帰るひともいる。「何もしないのがぜいたくと思うんだけど……」。ご主人は、まさに理解フノーという感じだった。

干渉し干渉されるなかにしか自らの過ごし方の絵を描けなくなった、干渉を求めあうモンスターがいる。街路や電車、肉体の外側だけでなく、舌から胃から筋肉まで、情報で埋めつくされているモンスターは、食べ物のうまさやよい店まで干渉しあう。居酒屋でメニューを見ればコラーゲンがどうのこうの、一杯の酒も誰かの「名文」をもって味わう。白い紙でも眺めていればよいものを、こうやって文字で埋めつくす。

いったい自分の耳はあるのかないのか。モンスターは、それなりに幸せなのか。

（二〇〇九年十月、二十一号）

中学一年の夏休み中、丸一か月、上越国境の苗場山の中腹にある赤湯温泉で湯治をさせられた。それまでの私は医者もサジを投げる虚弱な体で、医者は完全にサジを投げ出すまえに、私の親に赤湯での湯治をすすめたのだ。この温泉は苗場登山や岩魚釣りの客が利用したが、胃腸によいというので有名だった。原生林に囲まれた深い山の中の谷底にあって、当時は最寄りのバス停から山道を五時間ほど歩いた。父と母が、送って来て二泊ほどして帰り、迎えのときも二泊した以外は、私は一人だった。ウチは貧乏だったので、母が付き添いで泊る余裕はなかったからだ。山小屋よりはマシだが、外とは障子一枚で仕切られているだけの畳の部屋でゴロゴロ過ごし、食事は母屋の囲炉裏のそばでした。朝昼晩、決まった時間に温泉につかる以外は、やることはなかった。ランプ生活だったから、それを磨く手伝いをしたていどか。勉強もしなかったし本も読まなかった。一人でボーとしているのが好きだった私にとっては、最高の一か月だった。私の体は、生まれ変わったようだった。さらに高校で山岳部に入って、体は頑健に鍛えられたのだが、底なしのモノグサは治らなかった。

「箱庭2」（制作途中）／合板に木炭紙、アクリル／490×330mm
原風景。小さいころ馬小屋を人間が住めるように改装したところで暮らしていた。
屋根の隙間から見える星、家の前のグミの木、拾ってきた子犬など。

かわいいコワイ

私は「かわいい」という言葉の侵略に怯えている。コワイのである。

この言葉の脅威が目立ち始めたのは、八〇年代中頃ではなかったかと思う。八〇年代後半、都心に住んでいた私は、よく原宿のキデイランドの前を通った。その店頭で、女子大生らしきが小さな何かを手に、感に堪えかねたように「かわいいイイイイ」と叫ぶ姿を見るたびに、「バカじゃねえの」と軽蔑の眼差しを、思い切り投げつけたものだ。もちろん相手はビクともせず。やがて、その彼氏や家族にまで、「かわいい」は伝染した。気色の悪さといったらなかった。大の男が、ぬいぐるみなんぞを抱いて、「かわいい」なんていうのである。

日本の男子は、完全に骨抜きにされたと、私はうなだれるしかなかった。
バブル絶頂期兼崩壊前夜の九一年三月、『「女の子」マーケティング』（ＰＨＰ研究所）が出た。著者は水喜習平さん、近頃は新刊を見かけないが、マーケティング批評のようなものを書いていた。「かわいい」に注目した著書としては早いほうだった。「かわいい」は猛威をふるった。バブルは崩壊しても、「かわいい」の崩壊はなかった。

というのも、「女の子」の中心は、団塊ジュニアという七〇年ごろから七四年までの第二次ベビーブーム世代が担っていたということが関係するらしい。水喜さんの『勝つブランド負けるブランド』（経済界、〇四年）は、もう少し上の世代から「かわいい」が社会現象化する流れにふれている。その始まりは、六三年ごろ生まれた女子ということだ。六七年「リカちゃん」発売、七二年上野動物園「パンダ」公開、七四年「ハローキティ」誕生。彼女たちは「変体少女文字」という丸っこい文字を生む。八三年四月東京ディズニーランド開園。

女子大生だろうがおばさんだろうが、「女の子」が「かわいい」と騒いだら、大の男も抵抗しがたい状況が生まれた。財布のヒモはゆるむし、商売になる。

かくして「かわいい」は消費社会を席巻、ファッションやデザインの表現として普通になった。

近年は、富士山や農業や私のようなむさ苦しい男までが、「かわいい」といわれる。都市研究誌『city & life』九十二号（第一住宅建設協会、〇九年六月）の特集は「たのしい・かわいい・やさしいまちづくり」である。インタビュー『カワイイ』という感覚が、建築を、都市を元気にする」で真壁智治さんは、『かわいい』が文化のモードとすれば、『カワイイ』はデザイン・建築における方法のコードになります」と語る。日本独特の価値観の反映だというが、そう思えなくもない。

長い閉塞の中で「かわいい」だけは元気、ここに出口がありそうにも見える。だが、やっぱり、私はコワイですよ。「女の子」に「かわいい」といわれるのもマンザラじゃないし、コワイ。それに、ほかの形容詞は、どうなったの？忘れたの？

（二〇一〇年十月、二十三号）

「発光するクラゲ人間」2013年／キャンバスに油彩／F8号（455×380mm）
ノートの落書きから題名が先に浮かび油彩にしようと思ったがうまくいかなかった。この作品は口絵の「吹奏楽」の下に眠っている。

あとをひく「つるかめ」の感傷

いま二月中旬、東京の電車に受験生を見かける。四月になれば、東京の街に、いくらか田舎の気配を感じる。この季節、新宿駅西口近くの思い出横丁と呼ばれる、私にとってはションベン横丁略して「ション横」である戦後闇市跡の、「つるかめ食堂」のカウンターに座ると、一九六二年の春に上京してからのことが、めまぐるしく脳裏に浮かんでは消える。上京したての私が、横丁の激烈なアンモニア臭とデンジャラスな空気に怯えながら足を踏み入れてのち、つるかめは少しずつ変ってきたが、当時の面影をよく残していた。

奥の階段を上がった二階にも、裸電球が下る薄暗いカウンターがあった。そこで初めてめしを食べたのは、母が家出をして行方がわからない最中だった、六二年の梅雨の頃だ。大学の同じ学年の数人の男女で入った。その中の二人は、最近の十年のうちに死んでしまった。たまたま二人とも私のプランナー稼業に関係があって、私の三人しかいない古い長い付き合いに残っていたのだが。

ケイは、そこで一緒にめしを食べた女と恋仲になった。二十一歳の正月だったと思う。里帰りした私だが、実家は競売にかけられ父母は本家の物置にいた。私は働きだし、大阪へ一年間出張することになった。その直前、ケイから、彼女と別れる話を聞かされた。じつは高校時代に恋人がいて、一度不仲になったのだが、よりがもどった、結婚する、といった。

もう一人のイチ、こいつはもう、恋が人生よ、いや人生は恋よ、という感じで、大変だった。一度は、純情なお嬢様を夢中にさせ妊娠させ、その後始末に、なぜか私が奔走することになった。

こういう私も、何度かの出会いと別れを繰り返している。彼らは、私の最初の離婚のとき、大反対した。私を飲みに連れ出し、何軒もハシゴ酒をしながら私に説教し、歌舞伎町あたりで三人で酔いつぶれた。彼らにも、妻以外に愛し合った女がいたことがある。ただ離婚は考えなかった。仕事も家庭も、たぶん恋人も、大事にする男に「成長」していた。

ケイもイチも、いい仕事をするそこそこの専門メーカーで、社員から幹部、最後は社長になった。度々の経営環境の変化を乗り切り、社員が食べていけるように、彼らが心身をすり減らしたのは確かだろう。私たちは飲みながら、その対策や苦渋を話し合ったこともある。二人とも現役の社長で死んだ。癌だったが、彼らは手術を拒否したのだ。そろいも揃って。

つるかめの傷だらけのカウンターを見るたびに、いろいろなことが思い出され、傷をふやしたくなるのだった。

今年になってションベン横へ行ったら、つるかめはシートを被り、跡形もなく消えていた。ウワサでは、建て替えらしい。

（二〇一一年四月、二十四号）

建て替わったつるかめは、メニューをのぞいて、昔の面影はどこにも残っていなかった。それでも、思い出横丁とつるかめ食堂は、私の「上京物語」に欠かせない場所ではある。

上京した一九六二年の春のゴールデンウィークに帰郷した私は、母の家出を知った。母は、二歳下の私の弟が生まれたときに肺病を発症し、寝たり起きたり喀血したりが続いた末に、私が中学二年のとき、一年間国立療養所に入院し、手術を受けた。それで片肺のみの肺活量八〇〇シーシーの体になった。「身体障害者手帳」を持ち、普通に働ける体ではなかった。東京の中野あたりの家庭に住み込みの女中として働いていたようだが、体がもたず、千葉にいた母の弟のもとに転がりこんだ。たしか家出をしてから三か月ぐらいだったか。

私は、母を故郷の父のもとに連れて帰った。それまで母は、一度は離婚し、やはり体がもたずもとのさやにおさまるなどしたほか、何度か父からの「離脱」を試みていたが、それ以後は、死ぬまで父と一緒だった。母は父を軽蔑していたが、諦めたのだ。父は、肺病人が一人いると一家が傾くといわれていた治療費のことも含め、とうの昔に諦めていた。

家庭はいろいろなことを引き受けるが、「あきらめ」の墓場にもなる。

「給食係」2014年／紙に水彩／217×162mm
北九州の中学校の給食係の三角巾、エプロンは黒。教員は昼食指導もして生徒と一緒に食べるのでほとんど昼休みが取れない。

「太鼓の行進」2016年／紙に色鉛筆／F1号（220×160mm）
娘のマーチングを見に行ってスケッチしたもの。太鼓の上から目が少しだけ見える。

「Sの顔」2011年／紙に鉛筆／330×240mm
「文献にロマンを求める会」で難解な文献について指導して下さるS先生。息子さんは同級生でS先生と同じ道を歩いている。

「Y の顔」2011 年／紙に鉛筆／330 × 240 mm
顔をスケッチしてその人の人生を取材した。彼女は以前子供を虐待していたことを打ち明ける。

わが「断捨離」歴

わが家に初めて来た女子が、帰ると早々にメールをくれた。近頃「断捨離」という不要なものを捨てる生活がハヤリであるが、遠藤さんの家を見て、決意あらたにした、というようなことだった。私は、初めて「断捨離」なる言葉を知った。調べたら、持てる者のヨガのようなもので、贅沢なものだが、わが家には最初からモノが無いのだ。かなり無いほうだろう。

前に住んでいた木造アパートは、2DKだった。車も自転車もテレビもタンスも無い。冷蔵庫と、棚とはいえないような組み立ての本箱のデッパリを除けば、四十五センチ幅の食器棚があるだけだった。三年前、その2DKより畳三枚ばかりは広そうな九坪ハウスを建てて引っ越すとき、さらにモノは少なくなっていた。造りつけの本棚は、捨てる本と隙間だらけ。

主には貧乏の成り行きで、そうなってしまったのだが、特に困ることもない、特によいこともない。

十歳の頃、鉄工所を経営していた父が詐欺にあい破産、父母は離婚。父は家を出て、私は母と残った。しかし、母は肺病持ちだったため、生活はままならず、一年後にアレコレあった末に生家は人手に渡り、もとの親子三人で四畳半一間の貸間に転がり込んだ。その時、幼い頃からの自分の遊び道具やモロモロを失った。残ったのは通信簿ぐらいか。だからって、どうってことなかった。

父はミシン販売修理の商売を続け、また家を建てた。ところが私が大学に入って上京した後、二十歳の頃、大手メーカー進出の圧迫は強まり、安い既製服市場の広がりは家庭での洋裁を不要にしていた。商売は行き詰まり、母の治療費の借金の上に借金はかさみ、家は競売にかけられ人手に渡った。私は、たいして執着のなかった大学を辞め就職した。一年ほどして、父と母は身ひとつで東京の場末の飯場に転がり込んだ。私が上京の折に持って出た、小中高の卒業アルバムや写真だけが手元に残った。だけどそれも、失われることになった。

私は、来し方を振り返り、自ら十年ごとに生まれ変わるような生き方ができるのではないか、そうすれば「人生」を「何度」もやれると思うようになっていた。つまり十年ごとに、それまでの人生を「捨てる」のだ。

そんな考えを持ったせいかどうか、大きな転機になるようなことは避けず、受け入れた。最初の結婚が十五年目ぐらいになった一九八〇年すぎ、二度目の結婚が「駆け落ち」同然で始まった。全てを置いて家を出た。転がり込んだ四畳半で、布団も包丁も無いところからスタート。そこで、昔の枕草子や徒然草などを書いた連中は、たいして本など持っていなかっただろう、景色を見て読んで楽しめばよい、本はなければないなりに過ごせると「悟った」。

一九九〇年すぎ、バブル崩壊。また転機が訪れた。身ひとつで家を離れた。健康保険まで「捨て」三年間。五十歳をこえていた。三度目の結婚。初めてのライター稼業。

その度に仕事も人間関係も大きく変わった。何かに執着するのは面倒だという逃走心。モノグサなだけだ。だから近頃は、離婚なんていう面倒をやるやつの気がしれない。でも、「女」を「断つ」のが、一番難しいかな。それも終わったようだ。しかし、何かに欲情しない生活も、ツマラナイ。

（二〇一一年十月、二十五号）

五十年目のタワゴト

五十年前、一九六二年の春、新潟県の六日町高校を卒業し、上京した。

そのことを思い出した、というか、意識したのは去年の今頃だった。というのも、『大衆食堂パラダイス！』の執筆が佳境だったからだ。この本は、「上京」と「望郷」が深く関係している。

六五年九月、大阪は阿倍野区の、チンチン電車の東天下茶屋停留場に、初めて降り立った。大卒でも就職難の時代、二年間ほど臨時雇用を転々とした末に、えり好みしなければいくらでもあった営業職で、正規雇用になった会社。三か月間の試用期間が終わってスグだった。大阪営業所を開設するために、一年間一人で行かされた。まったく知らない土地、知人もいない。なんでオレなの、ほかにベテラン先輩社員がいるのに、という気持もあったが、そういうことをグチャグチャ考えるのもいうのも面倒だった。ほかに食う術はなく、辞めますともいえなかった。

とくに夢や希望や、就きたい職業があったわけじゃない。蹴つまずいて転んで、地べたに手をついたところにあった石ころを拾うように、会社や仕事を選んだ。

それからも同じ調子だった。かなり順調にいっていて、そのまっすぐな廊下を歩き続けていれば「成功」という類の部屋に着くとわかっていても、いや、わかるほど、横のドアが気になり開けて入ってみたくなる。

五十年たっても、その歳月なりの「これ一筋」「専門」といえるものがない。実績として誇れるものや、継続は、ナニゴトについても、一つもない。「なにをやっていたかわからないひと」と度々いわれたし、自分でも簡単には説明つかない。かといって、多少の放浪癖は認めるところであるけれど、「漂泊」だの「放浪」だのと、人前でロマンチックに気取れるようなこともない。

あるとき、この仕事も家庭もいつ投げ出すかわからない、無責任人生を正当化する文言を考えた。ブログのサイドバーに掲げてある、「それゆけ30～50点人生」だ。九六年頃からの、比較的長い肩書きになった「フリーライター」にしても、その点数でいえば「ライターのようなもの」だ。どれをとっても「のようなもの」にすぎない。

一つの分野を深くということではなく、一つの高嶺をめざすのではなく、横あるいは水平にズレながら居場所をつくっていくことは、とりわけ日本では評価が低くリスクが大きい。しかし、けっこう必要とされてもいるようだ。それを積極的に評価すれば、これは「旅人」な人生ともいえるかなと思っている。かくて、この十年間、「やどやゲストハウス」なる、バックパッカーのための安宿の経営に絡みながら、「旅人文化振興」のようなものを摸索している。

旅人にとっては、国境は越えるために存在する。ジャンルや好みの垣根も含め、あらゆる「境界」は、囲われるためではなく、越えるためにあるのだ。と、五十年目のタワゴトです。

（二〇一二年四月、二十六号）

「黄八丈」1986年／合板にアクリル、コラージュ／500×725mm
ベン・シャーンの人物画に憧れて描いた。

十年後

私が最初に「老化＝肉体の劣化」を感じたのは、四十四歳だった。自分としては、あまりにも劇的で、よく覚えている。

私は高校のとき山岳部だった。谷川連峰をホームグラウンドに、新潟県下で強豪校として知られていたし、部活は厳しかった。高校を卒業して十年後ぐらい、生活が落ち着くと、春夏秋冬、休みとカネを山に注ぎ込んだ。体力や筋力には自信満々だった。

ところが、それはトツゼンやって来た。あれは、たしか丹沢の水無川本谷だったと思う。何度も登っている沢で、鼻歌まじりに、右へ左へポンポン大きな石の上を跳びながら、というはずだった。実際に、途中までは、そうだった。そこも同じように、こちらの大きな石の上から、向こうの大きな石のテッペンへ、ヒラリと跳び移るはずだった。ところが、テッペンまで届かず、少し手前に足がつき、ズルズルズルとなすすべもなく石の上をずり落ち、沢にはまってしまった。水の深さは膝ぐらいで、どうってことなかったが、大変なショック。石からずり落ちる自分の無様な姿が、どうにも我慢ならず、情けなくて、キッパリ、山を諦めた。やはり岩の上を蝶のように舞い猫のように駆ける、ってことじゃないとツマラナイ。山は、若くて体力があってこそ。

諦めるのは得意だから、替わりに、ただちにパラグライダーをやることにした。菅平の入門合宿に申し込んだ。その出発の三日ほど前に急性肝炎を発症、一か月の入院となったのが、四十五歳の誕生日直前。パラグライダーも諦め、趣味といえるものは、きれいに無くなった。

それ以後は大層なことをやってないせいか「老化」を実感したことはあまりない。数年前ぐらいからかセックスってやつが億劫になってきた。ある日挑んでみたら、やっぱりダメで、これは諦めるというほどのことでなく、もうよいかなという感じで、さほどショックはなかった。

去年の夏の暑さ。初めて、本当に夏を越せるかと思った、三日も続けて都内へ行って来ると、ぐったり。劇的ではなく、ジワジワ「老化」を実感することが増えた。少しずつ付き合いを減らしたり、なるべく近くまで来てもらったり。去る四月スタートした隔週一回のＮＨＫラジオ第一の生出演は、朝が早いこともあって重く、九月からは毎週というありがたい話をいただきながら、断ってしまった。ますます低努力怠惰優先という流れ。

七月には八十歳の義父が手術入院で、病院のある秩父まで往復。私は六十九歳。おお、自分の十年後はあるのか。あるとしたら、どんなんだ。義父を見ながら考えた。

いろいろな企画書が届く。この事業は、このプロジェクトは、十年二十年かけて育てたい、なんていう文言を見ると、「フーン、勝手にどうぞ」という気分。孤独で偏屈な老人が愛おしい。


（二〇一二年十月、二十七号）

「箱庭」(制作途中) 2013年／キャンバスに油彩／F15号 (530×650mm)
心理療法の一種である箱庭療法を意識して自分の心理状態をカウンセリングしてもらいたいと思って描いた。

「文芸的」問題

私が十歳ぐらいまでは、故郷の町の正月は長かった。新暦の元旦は、正月のほんの始まりにすぎない。「旧正月」の行事が終わるのが、二月十五日頃で、町内の「大神宮様」の「かがり火」が、最後だった。

いまのような除雪システムはなく、完璧に雪に閉ざされた。スキーのようなレジャーは、東京の金持ちがやるもので、彼らが来る温泉町、越後湯沢にゲレンデがあるだけだった。正月気分は長いが、何もやることがない。ま、子供たちは大雪が降ろうが、外で遊んではいたが。

わが家では、大晦日から、よく百人一首をやった。「百人一首」といったが、ようするに「カルタとり」だ。

わらわらと知っている顔、知らない顔が集まり、カルタとりをやるのだ。大人だけの遊びである。これが、「かがり火」の夜まで断続的に続いた。

私は最初、子供だったから加えてもらえなかったが、そばで見ているうち、百人一首全部をそらんじてしまった。小学一年頃には、参戦するようになり、大人と互角に遊べるようになった。

百人一首全部を覚えたところで、何もよいことはなかった。上京すると、そんな遊びをするひとは、まわりに皆無だった。高校のときに覚えた麻雀のほうが、幅をきかせることが多かった。

一九九〇年頃、仕事だったが、移住するつもりで、熊本県の山奥、宮崎県との境、広大な阿蘇外輪山の林業と農業が主な町へ行った。最初は警戒されたようだが、数か月のあいだに土地に馴染んで、親しい知り合いもできた。

しかし「町の人間」として「認知」されるには、まだであったようだ。お世話になっていた格式の高い神社の宮司さんが、今度の寄り合いで町の主だった皆さんに紹介しましょうといってくれた。

新嘗祭のときだったと思う。宮司さんの家で宴会になった。町の重鎮、行政や産業や文化の主だった人たちが集まっていた。私の左隣は町役場の三役を勤め引退したひとだった。初対面で、酒の注ぎあいを繰り返したが、話は儀礼的で、なかなか打ち解けた感じにならない。

と、「ゆうされば〜」、彼がトッゼン朗々と歌い始めた。見事な声。それは百人一首の中の一首だった。彼が歌い終わると、私は即座に「大納言経信！」といった。カルタとりから遠ざかっていたのに、詠み人の名前がすぐ出たのには、自分でもおどろいた。これで、彼は打ち解けた。私も一首歌ったりして、じつに楽しく会話がはずんだ。

文芸だのなんだのは、このようにも用いられてきたことに思い当たった。社交にもなるが、ひとを量ったり、ともすると区別したり差別するのにも、使われる。

じつは、「ゆうされば〜」の詠み人を覚えていたのは、初めてカルタとりに参戦したときからの得意札だったからにすぎない。

（二〇一三年四月、二十八号）

「白玉ぜんざい」2014年／紙に色鉛筆／F1号（220×160mm）
北九州市小倉出身の松本清張は湖月堂に憧れをもち、新聞社でデザインをしていたころこの店のディスプレイを手がけたことがあったらしい。食べた後に思い出しながらスケッチする飯画（はんが）部の活動を始めたころの作品。

『四月と十月』からエロへ転がり

自分で転がってしまったのだけど、人生は何がどう転がるかわからない。五十歳すぎてからフリーライターになったのも想定外だったけど、七十歳を目前にエロ雑誌にデビューすることになったり、自分がエロ物を書けたり、なんて、想像したこともなかった。

コトの始まりは、この連載にあった。

二十七号の九回目で、「数年前ぐらいからかセックスってやつが億劫になってきた。ある日挑んでみたら、やっぱりダメで、これは諦めるというほどのことでなく、もうよいかなという感じで、さほどショックはなかった」と書いた。

私としては、さほど赤裸々な告白をしたつもりではなかったのだが、あちこちで「注目」されたらしい。やはりクイケとイロケは、誰にもつきまとうことだから、話題になりやすいのだろう。あるところで飲んだとき、この私の文章が話題になった。その場に、エロ本業界で長いことメシを食ってきた男がいたと思ってください。彼から、シニアの性について書かないかという話があって、後日、見本誌が送られてきた。

隔月刊の『原色文学』と年三回の増刊『性の探究』の二種で、私への原稿依頼は生々しいタイトルの後者なのだ。イチオウ「研究」してみたら、面白いことがわかった。『原色文学』は官能小説を謳い、『性の探究』は業界では「告白本」といわれ体験投稿が基本形になっている。そして、この世界にも、文学業界や出版業界に見られる、純文学や小説を頂点とする観念的なヒエラルキーが存在するようなのだ。「官能」「ピンク」「エロ」などの言葉は、それなりに使い分けされている場合がある。

私が依頼されたのは、低層の「エロ」だった。低層は大好きだ。しかも、現場の担当編集さんは「シニアの発情の様相、トチくるった時のがむしゃらな欲望」であれば、どんな書き方でもかまわないという。私は、いろいろ考えた結果、初めてフィクションで書くことにした。やり始めたら、ウソ話をつくるのは、すごく楽しい。

『第三の脳』（傳田光洋著、朝日出版社）から想を得て、物語を組み立てた。この本は、スソアキコさんが装画と挿画を担当している。ごく真っ当な、皮膚は大脳と粘膜につぐ第三の脳という話で、オススメです。

大脳に支配された性は、大脳を支配してきた男に支配されている。そういう性からの脱却をテーマに、男女の主人公をつくり、第二の脳「粘膜脳」や第三の脳「皮膚脳」から見た「性の探究」に挑む野心作？　ができた。いや、単なるエロ話です。編集さんがつけたタイトルは、「目覚めよ、粘膜脳！」、作者名は「エンテツ」。

幸か不幸か、好評を得て、数日前に、次回は「獣性」で何か、と依頼があった。

食事と性事の低層でうごめく私の晩年は、どうなるのだろう。

（二〇一三年十月、二十九号）

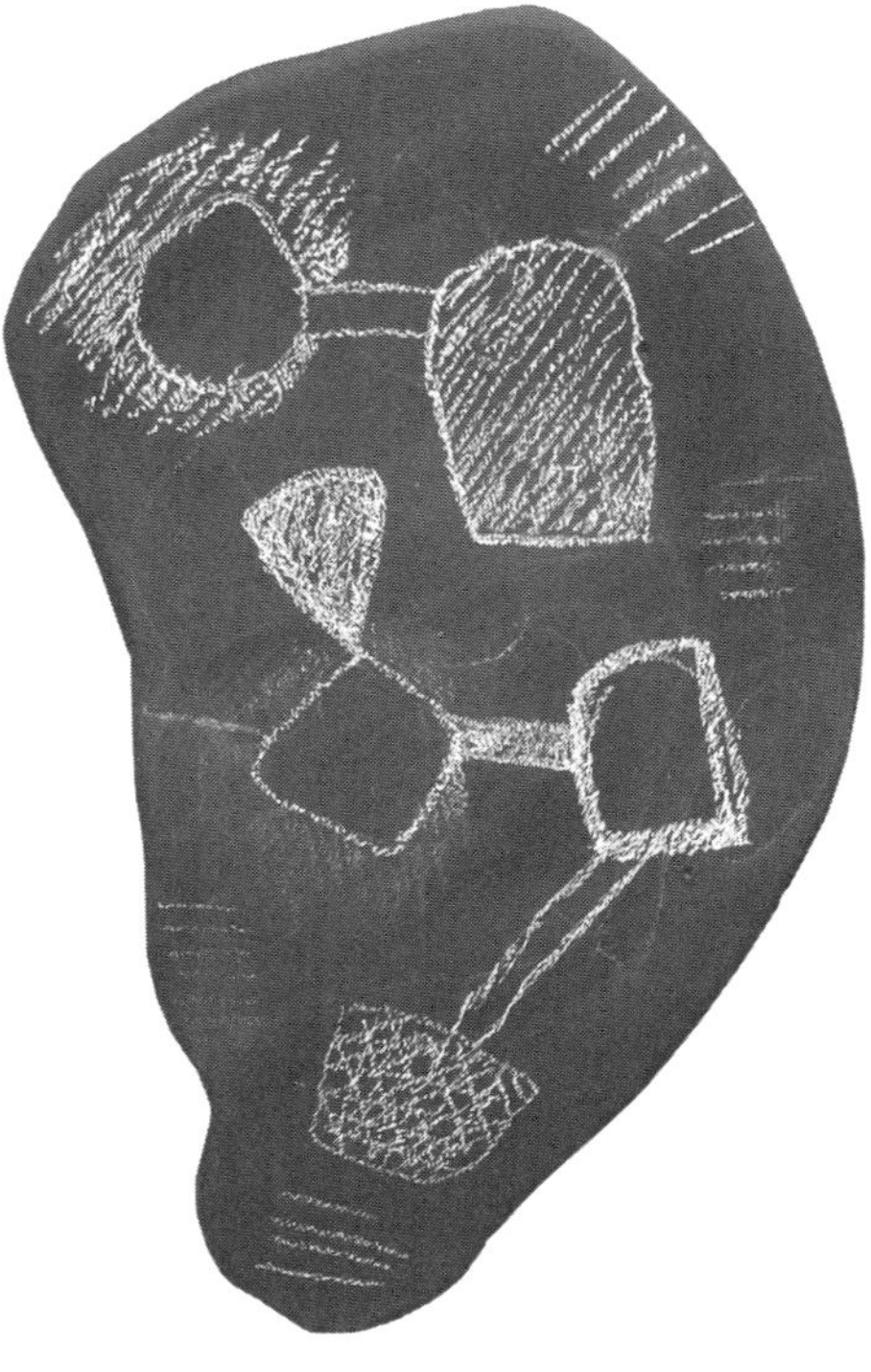

「耳黒板（Y）」2012年／合板に黒板塗料、チョーク／620×330mm
息子の耳をスケッチして拡大し耳型の黒板をつくった。黒板消しで消してルパン三世の顔を描くとなんと息子の耳の形はルパン三世の輪郭になった。耳の彫刻をつくり続けた三木富雄を意識したものか。

クサイ話

昨年、「古希」なるものを迎えた。七十歳になって実感することが、けっこうあった。それは六十歳の還暦のときと比べようもないほどだ。かなり大雑把で鈍感でイイカゲンといわれる私でも、感じたり、思ったり、考えたりすることが多いのだ。

死んだひとがいると、年齢が気になるようになった。還暦のころは、八十歳ぐらいのひとが亡くなっても、まだ二十年も先かと思っていたけど、今や、あと十年。平均余命にしても、あと十四年ぐらい。

十年なんてアッという間だと、自分の還暦以後をふりかえる。そういえば、今は亡きAさんは、六十七歳ぐらいのとき、七十歳までに書きたい本のタイトルをあげていた。私は、そんなことも考えずに成り行きまかせできた。今は亡きBさんは、七十歳のときに、これで年賀状はやめます、という年賀状をよこした。私は単なるモノグサで年賀状など出してないから、そういうケジメを知らない。どちらも七十代で死んだ。

私の母は、一九一八年生まれで、五十九歳のとき死んだ。父は、一九〇九年生まれで、八十四歳まで生きた。世間の片隅に、ひっそり生き、ひっそり死んだ。

話は転がる。二、三年前、故郷にいる中学の同期生から、「あんたの父上が出ている」とCDが送られてきた。見ると、わが故郷の町の「映像文化遺産」とやらで、町の人たちが撮った古い写真や映画を編集した、地域の生活の記録だ。

見ていくと、文字だけの画面があらわれた。そこには、「日本共産党六日町細胞結成」とあり、六名ほどの名前のなかに、私の父の名前があった。初めて知ることだった。たぶん、記録者が結成の中心人物だったと思われる方の息子さんで、長く故郷を離れているから、このようなことになったのだろう。

それは一九四六年三月十五日だった。しかし、私にとって重要なのは、父が結成に参加していたことより、私が、たぶん八歳ぐらいのとき、除名になったことだった。

父は警察のスパイの濡れ衣を着せられ除名になった。父は、そのことについて私に一言も話さなかったが、高校生の頃、母から愚痴や恨み言を聞かされた。朝鮮戦争勃発の一九五〇年にレッドパージが始まり、共産党の中央はコミンフォルム批判をめぐって分裂状態のまま潜伏し、中央がどこにいるかわからない状態のなかで、武装闘争方針が具体化されるという混迷。その最中に父は除名になった。父が警察官と会っていたとされる場所には父は行ってない。そのことは母と当時共産党員だった母の弟が知っていたが、家族の証言だからと相手にしてもらえなかった。というのが、母から聞いたザッとの話だった。いったい、誰が、父と警察官が会っていたといいだしたのか。

私は若い頃、このことに興味を持ち、しばらく一人で調べたことがある。じつに奇奇怪怪なことだらけだった。なにしろ当の警察こそが、父はスパイでないことを知っていたわけだから。

何年か前、今世紀になってから、この地域の共産党が小冊子にした「正式」の歴史を見る機会があった。細胞結成に参加して、町長選挙に出馬したこともある父の名前は出てこないし、除名のことも書かれてない。とにかく、私は、一方からは「アカの子」といわれ、一方からは「スパイの子」と見なされてきた。私の故郷には、まだその「余韻」がくすぶっているようだ。

その後、父が除名になったとき、その細胞にいて父の除名を認めなかった唯一人のひとが、九十歳すぎて東京で生きていることを知った。だけど、そんなことはもうどうでもよくなっていた。父は、そのことについて、ほとんど語らずに死んだことだし。

父はお人よしだった。ソンをするかもしれないが、生き方としては悪くはない。

政治に限らない、「世のためひとのため」を笠に、何かの中心に立ちたい、注目されたい、自分の名や生きた証しを残したいなんていう野心は、ろくでもないことを残す。それでも野心を捨てられないひとがいて、この世は動いているのではあるが。
私は、身一つで、どんな野心も持たず、ひっそり小さな自分の居場所だけで生き抜こうとしていたが、多少名が売れないと本も売れないフリーライターになってしまった。困ったものだ。

（二〇一四年四月、三十号）

「楽器の練習 2」2013年／キャンバスに油彩／F15号（530×650mm）
放課後の練習風景を想像して描いた。楽器の形のおもしろさや夕方の雰囲気を描きたかった。なぜか月光荘画材店のホルンのロゴのようになった。

七十二と七十

干支にはあまり興味がないけど、十二年に一度ぐらいは、自分の干支を意識する。私は未だから、今年七十二歳。還暦から十二年だが、「ああ七十歳になっちゃった」を経過したばかりなので、新たな感慨はない。

たいがいのことは、十二年単位より、十年を一つの区切りに語られる。今年は、第二次世界大戦の終結、つまり日本が戦争に負け占領された年から七十年だ。こちらについては、いろいろ思い出し、考える。

七十年前は昭和二十年。その二年前に私は新潟県六日町で生まれた。九月の誕生、直前の夏に兄が二歳で死んでいる。餓死の兵士が多かったことから「餓島戦」といわれる悲惨なガダルカナル戦の敗退で、戦局は大きく暗転、物資の欠乏も厳しくなっていた。大人も子供も、ますます生きにくい時代。

父は丙種合格だったから、戦地へは行かず、敗戦の年に弟が生まれた。弟と遊んだことや、弟が昭和二十二年に二歳で死んだ日のことは思い出せる。兄も弟も現在の日本では聞くこともなくなった疫痢だった。とにかく、私は三歳から四歳ぐらいのときに記憶の歴史が始まっているようだ。

葬式が続いた。母の二人の兄は、インドシナ半島の戦線から復員したのに、戦地で罹ったマラリアのために死んだ。このおじたちや葬式も記憶にある。祖父はすでになく、祖母が住む母の実家は、現在の調布市西つつじヶ丘一丁目にあった。私は、そこによく預けられた。その家の庭には、埋めたけど入口のへんが窪んだままで、雨が降ると水がたまる防空壕の跡があった。

母には姉もいたが、嫁ぎ先から離縁され一人娘と実家にもどり、肺病のため築地の聖路加病院の床で死を待つばかりだった。そこへ母に連れられて行った。有楽町から歩く途中、銀座四丁目の交差点では、MPが笛を鳴らし、交通整理をしていた。聖路加病院の庭は桜が満開、強い日差しの下で、美人のおばがまぶしかった。それが、おばと最初で最後だった。

イケイケの大本営と敗色濃厚な昭和十九年、男の子が産まれたら「征男」女の子が産まれたら「征子」と妻に言い残して出征した父の弟は、死地に放り込まれたようなものだった。南洋の戦場の島に着かないうちに、輸送船が米軍に撃沈され戦死。産まれたのは女の子だった。

その骨箱が、六日町の母子のもとに届いたのは、母方の二人のおじと一人のおばが死んだあとだった。父が私に、「これを見てみろ」と骨箱のふたを開けた。中は、紙ペラ一枚だけだった。骨も帰って来ない人の弔いの日は、冷たい小雨が降っていた。

隣近所、戦没者や復員兵の家庭が珍しくなかった。学校の教師にも復員兵が何人か、高校の教頭は「シベリア帰り」。軍隊や戦地や戦時のニオイが、いつまでも漂っていた。ゴワゴワしたその空気は、「平和憲法」七十年ぐらいでは変わることなく、日本で千数百年の堅固な儒教思想に支えられ、いま表舞台を騒がしている。

（二〇一五年四月、三十二号）

「考査の時間」2015年／ノートに鉛筆／250×180mm
試験監督中、無心に問題を解いている生徒を見るとスケッチしたくなる。

ダンゴムシ論

最近、私は「川の東京学」というので、遊んでいる。昨年から野暮連という野暮な仲間たちと、ボチボチやっていたのだが、今年になって「川の東京学発掘隊」というのもできて、ますます充実し面白くなってきた。

私は、いろいろなことに首を突っ込むタチで、とくにレールが敷かれてない、何か新しいことを立ち上げるような動きに、大いに反応するようだ。でも、ただ目新しいだけではダメで、より解放感がありそうなことに、「面白そう」と、興味が強く働く。そんなわけでアチコチ首を突っ込むなか、近頃気になっていることに「ダンゴムシ論」がある。どうやら自分が絡んでいるいろいろなことに関係し共通する「論」らしいし、私の心はダンゴムシよ、という感じになっている。

ダンゴムシというのは分解者であり、つまりは生産者でも消費者でもなく、生産者や消費者が不用とするものを摂取して、有用なものに変える地味な存在だ。あまりあてにならないウィキペディア「分解者」の項には、「生態系の物質循環において、生産者の生産した有機物を分解して無機物にすることで、二酸化炭素を大気に還元する、有機態の養分物質を植物の無機養分に変換するなどの役割をになう」「一般に、食物連鎖の上では、消費者が、生きた植物体を食べる植食者から連なる生食連鎖系に属する生物群集を指すのに対し、植物遺体を栄養源とする腐植連鎖系に属する生物群集を指す」とある。

これを人間様の世界にあてはめると、いまの世の中では、腐食連鎖系オチコボレの生き方ということになるだろうか。生産者や消費者として優れている文化的な存在ばかりを追いかける世間では、どちらにも属せない者は話題にされることはないし、存在する価値すら認められない、ダメな人間にされてしまう。

ところが、「ドーセおれたち、ひっくりかえした石の下にいる、ダメなダンゴムシのような存在なのよ」といっている学生たちに、ある大学の先生が、ダンゴムシを例に、分解者として生きる場がある、自信を持って生きよう、というような話をしているのを聞いて、私はナルホドと思った。

以前この連載でもふれた、私は中野にある「やどやゲストハウス」の経営に絡んでいるのだが、そこでは「ゴクツブシ論」が語られ実践されてきた。「ゴクツブシ」もダンゴムシのようなものだ。このゲストハウスは、世間では「プー子（太郎）」と呼ばれたりする一人のバックパッカーから始まった。生産者としても消費者としても役立たずのゴクツブシというわけであるが、これが必要とされ、それゆえ商売にもなるコミュニティがある。「社会関係」を「市場関係」としか見ない見方には見えない存在だが、優れた生産者や優れた消費者にリードされて社会が成り立っているわけではないのだ。

世間には、シロクロ決着つけないほうがよいことがたくさんあるにも関わらず、シロクロ優劣をハッキリさせ優のほうに立つことがかっこうよく思われがちだし、チヤホヤされる。他者を評価し優劣をつけたがる人たちも少なくない。結果、いろいろなヒトやモノやコトにダメ出しがされ、廃棄される。そこにまたダンゴムシの活躍の場が生まれる。最近、そんな面白そうなことが、私の周囲に増殖している。
しかし、このダンゴムシ論のシャクなところは、生産者や消費者がいないとダンゴムシも成り立たないという点だ。ま、そういうジレンマを抱えているからこそ、リアルなのだが。

（二〇一六年四月、三十四号）

「妹２」1985年頃／キャンバスに油彩／F50号（1167×910mm）
若園センターという商店が集まったところの２階のアパートのベランダで、妹にモデルになってもらい描いたもの。背景は若園児童館、足立山。

「槻田川」2013年／合板に木炭紙、アクリル／500×325mm
気分が落ち込んでいる冬の寒い日に近くの槻田川にスケッチに行った。川の流れや橋のある風景に興味をもった。

フリーライター

「フリーライター」という肩書を使い始めてから約二十年になる。

初めての著書『大衆食堂の研究』の発行が二十年前の一九九五年七月三十一日で、肩書は、まだ「プランナー」だった。その本のプロフィールには、こんなことが書いてある。

六〇年代は大学や会社を入ってはやめたりしてすごす。七〇年代はマーケティングや広報という分野で大企業のお手伝いをし、仕事に熱中する。とくに食の分野に広く深くはまる。八〇年代は、閉塞状況におちいった大企業のお手伝いはつまらないしあきたしと、中小企業を舞台に「プランナー」という肩書でいろいろな企画の仕事をした。コンピュータ・ソフトウエアの分野に広く浅くはまる。九〇年代は、ビジネスはもういい、これからは生存がテーマだと、僻地の地域開発やらエコロジーっぽいのに首をつっこんだりしたが、どうもしっくりこない。そのはずだ、背景にバブルがあったのだ。そこでというわけではないが、ついでがあったので、風来坊をして生存をたしかめてみたところである。

担当の編集さんに、こんなプロフィールは初めてだといわれた。だいたい出版なんかド素人で、そんなことは知ったことじゃなかった。とにかく七〇年代、正確には七一年からは企画会社に所属し「企画担当」という肩書でプランニングの仕事をしていたから、「プランナー」稼業が一番長い。

プランナーといってもいろいろあって、とかく広告プランナーと間違われやすい。しかし、七〇年代初頭の頃は、マーケティングの概念もはっきりせず、「企画は調査」という考えがあり、私は、調査分析から入った。制作や表現が仕事ではなかった。仕事仲間は「立ち上げ屋」といっていた。新規の商品や市場や事業や組織など、なんでも、立ち上げに必要な調査から、それらが動き出すまでを請け負う。現場を歩きまわり、数字と点と線をいじりまわす。ゴミ収集所のゴミ袋を集めて中をチェックしたり、選挙戦もあれば、上場戦略もあるといった世界だった。

文章を書くことは、いつもつきまとっていたし、チームでやる業務にはデザイナーや編集者やライターもいた。でも、編集や物書きには興味はなかったし、あんたは編集に向いてないと、エラそうな編集者にいわれて、大きなお世話だ、オレはそんなもんに関わりたくないよといったこともあった。

成り行きで転がったついでに「フリーライター」という肩書を使い、出版業界なるものに付き合ってみてわかったことは、一見知的な、この業界は、これまで付き合ったなかでも、最も理解フノーな前近代的な体質の世界ということだった。「好き」や「憧れ」でやっている人たちが多いせいだろうか。

そういう世間で、どうやら「フリーライター」というのは最下層の労働者という感じなのだが、それもあって、私はこの肩書が気に入っている。これは、成功の「型」にはまらない「フリー」を宣言する、開き直りの肩書なのだ。

とは、かっこうのつけすぎだけど、プランナー稼業では人様のために未来図を描いてきたが、自分自身の未来は、いつも白紙だった。
もうその余白も少ないのに、そこに描かれる絵は、まったく見当がつかない。

（二〇一五年十月、三十三号）

二十代の最初は、「臨時雇用」を転々とした。当時、フルタイムは「アルバイト」ではなく臨時雇用といわれることが多かった。長期と短期があり、どっちにしても正社員になれるわけではない。

飯田橋の角川書店の倉庫で長期臨時雇用で働いたことがある。長期は三か月以上ということだったと思う。朝九時から午後五時まで。十分以上遅刻すると午前中の労賃がカットされた。朝礼で、書店の棚では本にはさんであるスリップというしおりのような紙の束を受け取る。それが書店からの注文伝票になっている。私が担当したのは文庫本で、一階の天井まである棚を、駆けあがったり横に移動したり、棚の一段は立てる高さがないからかがんだまま、注文の本を集めては、束にして細い麻縄で結わえる。

本は、たしか著者のあいうえお順に重なっていたと思う。その場所を覚えて、束ねる要領さえつかめば、作業は素早くできた。朝受け取ったスリップの束を消化したら、あとは棚でゴロゴロしていられた。私はこの仕事が気に入っていた。なぜ辞めたのか、思い出せない。食うだけでカツカツだったし、やはり正社員の口が欲しかったのかもしれない。

そのあと、六五年の初夏。営業職で三か月の試用期間が過ぎて正社員に採用された会社は、銀座の裏通りにある海外旅行専門の代理店だった。東京オリンピックを境に海外渡航が自由になり、それをあてこんで同じような会社が雨後の筍のようにできていた。おかげで、高卒扱いになる私のような大学中退者も入りやすかった。

しかし、自分が営業をやれるかどうか、営業に向いているかどうかなどは、まったく考えなかった。そんなことは考えてもわかることではなかった。考えてもわからないことを考えると悩みに陥る。悩むのはメンドウだから、考えてもわからないことは考えない。いまでもそうだ。

とにかく、高卒中途採用の口は、営業職しかなかった。たしか、新橋の下水道工事専門会社、丸の内のスーツの職域販売専門会社の、いずれも営業職で試用が認められたが、面接者の雰囲気で旅行代理店にしたのだ。なんとなく知的な印象に釣られたのかもしれない。

試用期間を経て正社員になれたのだから、自分は営業に向いてないということではないのだろうと思った。それどころか、イキナリ、大阪営業所をつくるために一人で一年間長期出張になった。営業所設立のためには、大阪、奈良、京都、神戸をエリアに、一年間で一二〇名以上の団体客を集めなくてはならなかった。孤軍奮闘の甲斐あって、ノルマは達成できたが、一人で休みなく働き、頑健だった体がボロボロになって東京に帰った。なかなか体調回復せず、休むことが多くなり、けっきょくクビ。

一九六七年だったか。私立の幼稚園から大学まである学校の、幼小中高の事務室に経理で採用された。珠算三級ぐらいはできたのがよかった。ここでの四年間は、もっとも安定した時代だったろう。しかし、どうも一日中机に向かっての事務仕事は苦痛であった。ルーズな性格にもあわない。まもなく三十歳だった。学校というカタイ組織では、三十過ぎてから定年までの絵が、キッチリ見える。出世には興味なかったが、高卒の学歴が関係ない職を探し、企画会社に転職した。

経理をやったおかげで複式簿記を覚えられたのはよかった。これは面白かった。同じ一つの数字が、貸方と借方で、異なる事実になるのだ。一つの数字が、単式の伝票と金銭出納帳から複式の伝票と帳簿に転記されると、異なる姿が見えてくる。モノゴトの構造やシステムが見えてくるのだ。結果主義と発生主義によっても、同じ数字がちがう意味を持つ。数字の背景には、じつに様々な事実や言葉がある。これらのことは、その後のマーケティングの仕事や、いくつかつくっては放り出した会社経営に役立ったし、いまでも、モノゴトの見方として役に立っていると感じることがよくある。

たとえば、たいがいの料理や食事の歴史は、結果主義で語られる。「日本料理の原点は懐石料理にある」といった見方や、「一汁三菜」が「和食」の伝統といった見方は、結果主義の歴史観にすぎない。

とかく結果主義に陥りやすい。上っ面に見えるのは結果だし、自分に都合のよい結果ばかりを追いかけやすいからだ。それに、金銭出納帳のように、単純でわかりやすい。世間にあわせるなら結果主義が売上的にも有利だ。だけど、それは一面にすぎないのであって、私が料理の歴史を見るときは、発生主義の影響が強くある。

だからといって、自分がつねに正解であり、うまく儲けられるということにならないのがセツナイところだが。そんな都合のよいことはないのだから、複式簿記の考えが必要なのだという堂々めぐり。この世は堂々めぐり。

「企画」だの「マーケティング」だのというが、ようするに、「そこに、なにが、どのようにあるのか。なぜ、それが、そこに、そのようにあるのか」ということが基本であり、さまざまな手法や技法を使って、それを明らかにする。

フリーライターになっても、この根本は変わらないようだし、絵描きさんが絵を描くようなもの。といったら、絵描きさんに失礼になるだろうか。

「騎馬戦３」2013年／キャンバスに油彩／F40号（1000×803mm）
人物の配置や構成、画面の絵肌に興味をもった。特に落ちる瞬間。

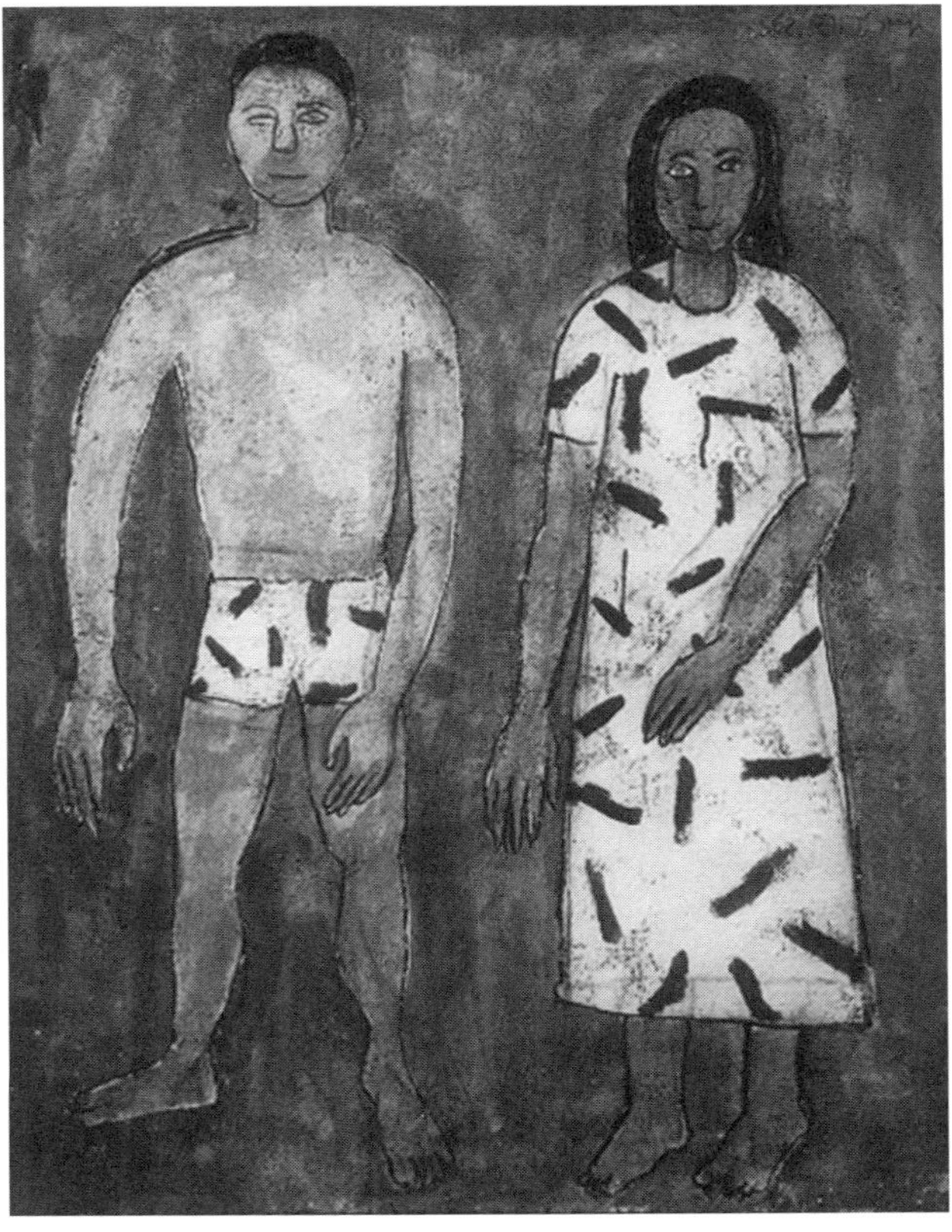

「二人 2」1984年頃／ドンゴロス麻袋にアクリル／F30号（910×727mm）
学生時代弁当屋でバイトしていたころ、弁当屋にコーヒーを卸す業者の方に麻袋をお願いした。粗めの手製キャンバスができてとても気に入った。ゴーギャンが使ったキャンバスのようだと勝手に想像した。

気取るな！　力強くめしを食え！

それは、父と母が離婚する年、つまり私が小学校三年の元日の朝だったと思う。毎年、元日の朝は雑煮とあんこもちだった。そのあんこもちのあんに「つぶあん」と「こしあん」があって、これが大問題になると知ったのは、そのときだった。

前の年の暮れから父と母は喧嘩をしたまま元日の朝を迎えた。私の前には、母が作った「こしあん」のあんこもちと、父が作った「つぶあん」のあんこもちがあった。毎年その両方があったように思うのだが、いつも母が両方を作って出していたのだろう。だけど、この朝は、それぞれが作り、私の前に置いたのだ。それで、父は「つぶあん派」であり、母は「こしあん派」というのを知った。私は、どちらかを選ぶでなく、両方食べた。

上京しておどろいた。雑煮やあんこもちが一年中食べられる店があるのだ。その「しるこ屋」に初めて入ってメニューを見てさらにおどろいた。おどろいたというより、わからない。メニューに「あんこもち」はなく、「しるこ」と「田舎しるこ」がある。店員に聞いたら、「しるこ」が「こしあん」で「田舎しるこ」が「つぶあん」だった。私は「つぶあん」を「田舎しるこ」と呼ぶのを不思議に思った。ま、いまでも不思議なのだが。

小津安二郎監督による一九五二年の映画に『お茶漬の味』がある。私が、父と母の「あんこもち事件」に遭遇した時代の作品だ。

『お茶漬の味』は、東京の中産階級出身の妻と、地方出身の夫が、いろいろギクシャクあった結果、仲良くなるという話だ。妻は、夫がめしに汁をかけて食べるのを嫌っていた。夫がめしに汁をかけて食べているところを見て、妻は「そんな食べ方、よしてちょうだい」と怒って席を立つ。この映画のテーマを象徴的に描いた場面だ。食卓に残った夫は、給仕のお手伝いさんと、こんなやりとりをする。「おまえの田舎じゃめしに汁かけて食べないか」「いただきます」「埼玉だろ」「はい」「長野もやるんだ、東京じゃこうやって食わんのかな、うまいのになあ」。夫は、「子供のときからやっていた、気やすい感じが好きなんだ、いいんだがなあ」ともいう。

あれこれあって、最後は、夫婦で、正確には汁かけめしとはちがうが、めしにお茶をかけて食べ、夫婦は「お茶漬の味＝気やすさ」なんだよ、という結論で、めでたしとなる。私の父と母の結果とは、大いにちがう。

この二つの話には、「都会風」と「田舎風」のこともあるが、遠い昔から一九四五年の敗戦まで続いていた階級社会が関係している。

私の父は、新潟県の田舎町、六日町の農家の次男坊だった。長男でなかったから、農家を継ぐことはできない。しかも高等小学校卒では、たいがい労働者になるしかなかった。母は、やはり新潟県の出身だったが、慶応大学を出たインテリ中産階級のエリート役人の家庭の娘だった。本来なら父と結婚する可能性は限りなくゼロに近かったはずだ。ところが母の父が急逝したため、家族と共に職を転々、父が転々とした末に工場労働者をしていた東京郊外に流れ着いて、父と知り合ったのだった。

都会風の中産階級の文化で育った母と、そこから見たら粗野に近い田舎の農家の次男坊である労働者の父は、日常の礼儀作法からちがった。『お茶漬の味』の夫婦より開きがあった。『お茶漬の味』の夫は、子供のときから汁かけめしを食べていた長野出身とはいえ、たぶん大学も出てだろう、東京で大会社の専務になっていた。

ついに私の父と母は妥協することがなかった。私は「こしあん」と「つぶあん」の両方を食べて育ったので、どちらにもいい顔をする、いいかげんでどうでもよいのが好きな人間になったらしい。どのみち私は、労働者を貶めたり視野の外におく文化には、関わる気はないのだが。

一九四五年の敗戦で、いろいろ変ったが、上っ面はともかく、深いところは、なかなか変らなかった。とくに戦前までの中産階級以上の家庭の営みを、日本の歴史や文化や伝統として普遍化する価値観や流れは、根強く残った。

私は、母が肺病だったので、小さいときから家事の手伝いをよくするほうだったと思う。ついでだが、私が十歳ぐらいまで過ごした生家は、戦前父が親から分家として与えられたもので、農家の造りだった。台所は、一日中日が当らない暗い北側の隅にあり、コンクリートを打った土間に二つほどの水槽が連なり、豊富な湧き水が流れていた。その台所の外側に竈があった。私は、よくその水槽で洗い物をしたり、竈でめし炊きをした。

中学二年のときは、水道にプロパンガスに立ち作業の流しがついたDKスタイルの新しい家に住んでいたが、母は一年間、柏崎の国立療養所に入院して手術を受けるため家をあけた。ますます必要に迫られ、自分でめしの支度をし、食べ、片づけをしなくてはならなかった。もちろん父に教わりながらだが、父は、家事をなんでも器用にこなしていた。私は、料理や食事は、外食でも趣味でもなく、家事として覚えた。

ついでに、酒も覚えたし、近所の芸者さんとも仲良くなった。この芸者さんは、少し年増だったが、私の町からはかなり奥の山地の貧しい開拓地の出身で、いつも着物の胸に石川啄木の文庫『一握の砂』を入れていた。気に入らない客は、これでひっぱたくんだといいながら、酔うとこれを私に読んで聞かせた。私はそれで石川啄木に興味を持ったのだった。

ともあれ、私が、のちに江原恵の『庖丁文化論』と「生活（の中の）料理論」に大いに共感したのは、これらの家事手伝いの体験も関係している。

私が、食や料理について特別な関心を持つようになったのは、一九七一年に企画会社に転職したからだ。入社して、すぐ大手総合食品メーカーの担当になった。それが、私と食品のマーケティングとの出会いだが、これだけなら、普通に職業としての食であり料理ですんでいたはずだ。

それがもう一歩、「食文化とは」「料理とは」といったことに踏み込むことになったのは、江原恵との出会いによる。そのことについては、『大衆めし　激動の戦後史』（ちくま新書、二〇一三年）に書いた。

この本は、編集サイドによって、こういうタイトルになったが、その「まえがき」にも書いたとおり、「生活料理入門」として書かれたものだ。

つまり一つは、日本の食をめぐる構造が大きく変った、一九七〇年前後から私のまわりで「生活料理」という言葉が生まれるまでを、私が関わった食品のマーケティングと疑問の多い「日本料理」を中心にまとめた。二つ目は、「野菜炒め」を例に、「生活料理とは」を具体的かつ実践的に考えてみた。三つ目は、いま生活料理を考える場合の、大きな議論について、となっている。

「生活料理」という言葉は、江原恵による造語で、これもその本に書いたが、私は一九八〇年前後、江原恵と「江原生活料理研究所」を設立し、試食会や渋谷に実験店舗を出店するなど、三年間ぐらいだが、いろいろな活動をした。

このとき、私がプロデュース役でまとめた江原恵の本に、『実践講座 台所の美味学』（朝日新聞社、一九八三年）と『カレーライスの話』（三一書房、一九八三年）がある。その後、一九九一年頃、この『カレーライスの話』を、江原を監修に私を著者にして改訂したいという話が出版社からあった。

私は、その頃は、東京を離れて仕事をしていることが多かったし、成り行きによっては日本を離れてもよいとも思っていた。

バブル崩壊前夜で、私が関係していた大きな予算のプロジェクトでも、いろいろな資金の動きが、かなり鈍っているのが感じられた。そして、バブルは崩壊し、私は借金こそなかったが無一文になり、風来坊となった。

『カレーライスの話』の改訂のことで編集さんと会って打ち合わせをしているうちに、大衆食堂のことが気になった。バブルの最中に、ずいぶん姿を消していたからだ。そのことを編集さんと話しているうちに、カレーライスの本より大衆食堂の本を先にということになった。

こうして、一九九五年の『大衆食堂の研究』（三一書房）が生まれた。

その帯の惹句に、私は「気取るな！　力強くめしを食え！」と書いた。

力強く食べ、力強く生きるのだ。「生活料理」は、そういうものだ。

『大衆食堂の研究』のつぎは、一九九九年に『ぶっかけめしの悦楽』（四谷ラウンド）を出版した。

これは、『カレーライスの話』の改訂として書いたが、実際は改訂どころではなく、ほとんど書き換えといった状態だった。とはいえ、もとの「生活料理」の視点で、仮のタイトルを「汁かけめしとカレーライス」として書いたものだ。

その原稿が三一書房へ渡ったのち、三一では労使紛争が経営紛争に泥沼化し、出版の見通しが立たなくなった。たまたま、知り合いになったばかりのフリーの編集者である堀内恭さんが骨を折ってくださり、四谷ラウンドからの出版となった。

そして『ぶっかけめしの悦楽』を大幅に書き換え書き足したのが、二〇〇四年の『汁かけめし快食學』（ちくま文庫）だ。

この二冊は、カレーライスは日本の汁かけめし料理であるということを書いたのだが、そのためには、埋もれていた汁かけめしの歴史と、「料理とは」や「料理の歴史とは」を明らかにする必要があった。

カレーライスの歴史など、料理の歴史というと、過去の出版物のとくにレシピの系譜をたどるものが多い。しかし、それは、出版文化の中の料理かもしれないが、どのていど実際に作られていたかは、わからないものが多い。生活の中の料理の実態ではない。料理の歴史は、台所での再現の繰り返しの実態にある、というのが生活料理の考えなのだ。

汁かけめしは、かつては、天皇や公家も食べ、武家にあってはこれが正式の作法だったこともあったし、江戸期には庶民のあいだでバカッ流行りしたにも関わらず、近代になって「下品」の扱いを受け、まっとうに語られてこなかった経緯がある。

先にあげた『お茶漬の味』は、その一端の例でもあるけど、食や料理をめぐっては、さまざまな偏見がある。その状態で、味覚や料理について、ウンチクを傾けていることが少なくない。

汁かけめしも、「気取るな！　力強くめしを食え！」と食べるものであり、私は、この二冊の著者プロフィールに、「美食も粗食も贅沢も清貧もふみこえて庶民の快食を追求」と書いた。

二〇一一年に『大衆食堂パラダイス！』（ちくま文庫）が出た。これは、『大衆食堂の研究』を含め、それ以降の、雑誌や新聞の連載など、私が大衆食堂と大衆食について書いたものの集大成といえる。

とくに私の関心は「近代日本食のスタンダードとは何か」にある。つまり、食べればなくなってしまう料理だが、大衆食堂のメニューには、和洋中をこえる、近代日本食のスタンダードがあるということだ。この視点は、『大衆めし激動の戦後史』の「生活料理と「野菜炒め」考」でも試みている。

働き生きる圧倒的多数の人びとにとってのスタンダードとは何かは、優れたロールモデルより、日々の生活の満足や幸福のために、とても大切だと思う。たびたび、「とは」や「とは何か」を使っているが、それは定義が必要ということではない。この問いを置くことで、いろいろな見方が生きてくる。ありがたそうな高尚な話や高い意識の話より、私には、こちらのほうが大事だ。ということで、いつものことだが、生活料理についての根本を、江原恵の言葉から引用しておきたい。これは生活の中の創造力にも関わることでもあるだろう。

ありふれたものをおいしく食べる。

タマネギを主材料にした、まったく新しい料理を一つでも編み出すことのできる人は、美味学に必要な想像力を、かなり豊かに持っている人である。

ところで、私は「田舎風」なのか、「都会風」なのか。

私は、東京者になれなかった田舎者だと思っている。「世間では「フリーライター」といわれる不安定自由文筆労働者である」と、ザ大衆食のサイトなどに書いているが、それが実態でもある。

「気取るな！　力強くめしを食え！」は、ものを食う態度にとどまらない。不安定で不確実な生活を生き抜く真実でもあるのだ。

年の暮、クリスマス。よく利用するC級ローカルスーパーのレジに並んだ。私の前の前に、貧相な私より貧相に見える、若い男がいた。二十代後半ぐらいか、青白いつやのない顔、眼光にも力がない、無精ひげ。彼は、見るからにつくりが安物のバギーカーに、一歳弱と思われる女の子をのせていた。

そして、彼は買い物カゴは持たず、右手に、これからレジに出すだろう金キラの包装の安いスパークリングワインをしっかり握っていた。

私は、最初、もしかして妻に逃げられたのではないかと想像した。そして、すぐそれを否定した。彼の着ている物も、バギーカーの女の子が着ている物も、スーパーの安売り品のようだったが、こざっぱりとしていた。女の子が身に着けている濃紺とピンクのコーディネート、バギーカーの握り手にぶら下がった手作りの小さな人形、それらには、彼の妻の、ある種のセンスと心遣いのようなものがアチコチに感じられた。

チト、その妻に会ってみたいものだとスケベ心を発揮しながら、彼がしっかり手に握っているスパークリングワインを妻と飲むだろう、その幸せなうまさを想像した。妬けたが、気分はよかった。

しかし、彼は、やはり、失業中にちがいないと思った。妻の浮気を想像してみた。でも、とにかく、安物のスパークリングワインは、とりあえず幸せな気分をもたらすにちがいないと思った。ありふれたもので上手に愉しむ暮らしを思った。

「十年後の私」2014年／空き瓶、粘土、アクリル／高さ210mm
生徒に10年後の自分を想像させて自分の像をつくるという課題のための参考作品。僕は10年後もスケッチブックをもってうろうろしたいという思いでつくった。空き瓶の底のほうにダイヤモンドヤスリなどで切り目を入れロウソクの熱で割る。

坂戸山

二〇〇一年十一月某日、ついであって故郷の六日町を訪れた。町の東側にそびえる坂戸山は昔と変らない、真っ赤な紅葉だった。この山に最後に登ったのは、一九六二年三月一日か、その前後である。山も町も数メートルの雪にすっぽり埋まっていた。

同じ町内の同じ齢の友人で、よく一緒に山登りしたマサオくんが、高校卒業して東京へ出たら、もういつ登れるかわからない、記念に登っておこうといった。雪が固くしまっている早朝に登るのが楽でよいだろうと、平日だったが、登校前の夜明けと同時ぐらいに家を出た。

わずか標高六三四メートルの山だが、急である。高度を増すごとに景色が変わる。想像したとおり、ほとんど埋まらない雪の上を一歩一歩すすむごとに、まだ雪の中で灯火をかかえて眠っている町が足下に広がり、しだいに山々に囲まれた六日町盆地全体が視野に入る。

坂戸山は記憶以前から、毎日見上げていた山だ。初めて登ったのは、小学校に上る前で、父と母が一緒だった。小学校三、四年になると近所の友達と登るようになった。学校が終わってから十五分ほどかけて、この山まで行き、ふもとの辺の戦国時代の武将の屋敷跡がある杉林あたりを舞台に、チャンバラごっこに興じた日は、数えきれない。この杉林には、六日町小学校の学校林があって、何度か植林に行ったこともある。中学生になると、一人で登ることが多くなった。ちょっと仲のよかった同級生の女の子と登ったこともあったな。

六日町高校に入学して、山岳部に入った。早々におどろいたことは、そのトレーニングは嘔吐するほど激しいと評判だったが、この坂戸山の頂上まで、走って往復するのである。急な、標高差四〇〇メートル以上ある頂に駆け上るなんて、信じられなかったが、一週間もやると平気になって、あとはタイムを短くするのが愉しみになった。

　頂上から北へ向かって張り出した尾根の直下に、高さ数十メートルの垂直の岩場がある。ここでは毎週土曜日の午後に岩登りのトレーニングがあった。ケンイチくんが転落したときのことは忘れられない。岩のテッペンから「あっ」という声がした。そして岩の中腹にいた私の目の前を彼が背中から落ちていった。ところが、奇跡的に下部から張り出した木の枝に引っかかって助かったのだ。高校二年の初夏、とても怖い経験だった。

　私の成長と共にあった山だが、冬には登ったことがなかった。冬山登山の対象にするには、あまりにも身近すぎて、考えつかなかったのだ。マサオくんがバスケット部だったのがよかったのかもしれない。

　その日は、どんよりした冬空だったが、雲は高く、遠くの苗場山神楽峰まで周囲の山は全て見えた。私たちは、ときどき歩を止めては、景色をながめた。言葉は少なかったように思う。もしかしたら、これが、ここから見る故郷の見納めかも知れないという感傷が多少あった。

　頂上直下で思いがけないことがあった。固まった雪が、数メートルの深さでパックリ割れていた。ことに頂上周辺は急で、雪面が安定していなかったのだ。念のためにとピッケルと細引きを持っていたのがよかった。ちょっと雪壁登りの気分をだして軽く突破、頂上に立った。

頂上では、二人でウイスキーのポケット瓶を飲みかわして祝った。雪の湖に突き出した岬の頂のような一等三角点だ。マサオくんと私が一緒に登った、八海山や中ノ岳、巻機連山も見えた。玲瓏とした景色に、厳粛な気分になった。

学校があるから、あまりゆっくりしていられなかった。駆けるように下った。空腹にアルコールを入れたためか、少し酔いがまわった。私の体は、宙を駆け雪の町へ飛び込んでいくようだった。

けっきょく、私にとっては、それが最後だった。いまのところ。マサオくんとは、大学に進学して上京した、その年に一度会っただけだ。私の実家もマサオくんの実家も、すでにこの町にはない。

（二〇〇一年十二月一日記）

僕の遠藤哲夫

田口順二

『四月と十月』の古墳部の活動で、千葉県の加曽利貝塚でエンテツさんにお会いしたのが最初だったろうか。大衆食堂「とみ」を紹介してくださりさば煮を食べた。その後北九州にも牧野君が編集委員を務める北九州市発行の『雲のうえ』の取材で何度か来られ、飲み会などでご一緒した。時には僕と牧野君の同級生のふりをしてエンテツさんが同窓会に紛れ込んだりした。また小倉駅裏の角打ち（酒屋の一角で立ち飲みする）で、東の酒飲み妖怪エンテツさんとして西の角打ち文化研究会のS藤会長との酒飲み対決などが実現した。エンテツさんはいつも細い目が小高い山の稜線のようになって笑っている。

エンテツさんは包丁技を駆使した特別な料理より、気軽に立ち寄り好きな小皿が選べ、労働者の味方のような大衆食堂を好んだ。特別においしくなくてもふつうにうまくて日々の活力源になる料理が好きなのだ。『汁かけめし快食學』というエンテツさんの本を読んで、猫まんま文化圏の話や丼物やカレーライスも汁かけ飯の傑作であることを教えられた。エンテツさんの細い目の先には常に名もない大衆食堂やそこに通う労働者がいるのだ。

絵画の中では十六世紀にブリューゲルが名もない民衆の絵を描き、十九世紀のフランスのミレーは農民の働く姿を描いた。ミレーの影響を受けたオランダのゴッホは「馬鈴薯を食う人々」などの傑作を残した。特にゴッホなどは対象を写実的にうまく描くというより労働者の生命力などを筆に込めたのではないか。日本には炭坑夫を描いた山本作兵衛がいた。これらの画家が民衆や労働者に向ける目線はエンテツさんの細く深い目線と同じではないか。炭坑夫はげんを担ぎ、ご飯にみそ汁をかける（ミソがつく）のを嫌った。僕は作兵衛さんからげんこつをくらってでもみそ汁ぶっかけめしを食いたくなることがあるのだ。

著者紹介

遠藤哲夫（えんどう・てつお）

1943年新潟県六日町（現•南魚沼市）生まれ。通称「エンテツ」。家庭と仕事転々のち、96年頃から「フリーライター」の肩書を使用。著書『大衆めし 激動の戦後史』（ちくま新書）ほか。ブログ「ザ大衆食つまみぐい」。埼玉県さいたま市在住。

田口順二（たぐち・じゅんじ）

1964年熊本県生まれ。中学校美術教諭。北九州市立美術館、旧百三十銀行ギャラリー（北九州）、トライギャラリー（東京）などで個展。福岡県北九州市八幡東区在住。

四月と十月文庫 7

理解フノー

2016 年 10 月 3 日　初版第 1 刷発行

著　　者　遠藤哲夫　田口順二

題　　字　牧野伊三夫
装　　幀　四月と十月デザイン室（青木隼人・牧野伊三夫）
編　　集　成合明子

企画／制作　四月と十月編集室
http://4-10.sub.jp/

発 行 者　上野勇治

発　　行　港の人
神奈川県鎌倉市由比ガ浜 3-11-49　〒248-0014
電話 0467(60)1374　ファックス 0467(60)1375
http://www.minatonohito.jp

印刷製本　シナノ印刷

ISBN978-4-89629-319-7　2016, Printed in Japan

四月と十月文庫　既刊一覧

《四月と十月文庫１》
えびな書店店主の記　蝦名則著

《四月と十月文庫2》
ホロホロチョウのよる　ミロコマチコ著

《四月と十月文庫3》
装幀のなかの絵　有山達也著

《四月と十月文庫4》
マダガスカルへ写真を撮りに行く　堀内孝著

《四月と十月文庫５》
わたしの東京風景　鈴木伸子著　福田紀子絵

《四月と十月文庫６》
僕は、太陽をのむ　牧野伊三夫著

定価は各書ともに1200円（税別）